SCHUL
SIEGER
BUCH
19/20

GLÜCKWUNSCH!
DU BIST EIN
VORLESE
STAR
!

VORLESEWETTBEWERB.DE

Stiftung
Buchkultur und Leseförderung
Börsenverein des Deutschen Buchhandels

Anne Becker

Die beste Bahn meines Lebens

Roman

BELTZ & Gelberg

Anne Becker, geboren 1975, studierte Sonderpädagogik in Heidelberg. Sie arbeitet als Förderschullehrerin und lebt mit ihrer Familie im Ruhrgebiet. 2017 wurde sie mit einem Manuskript für den Oldenburger Kinder- und Jugendbuchpreis nominiert. »Die beste Bahn meines Lebens« ist ihre erste Buchveröffentlichung.

Offizielles Schulsieger-Buch zum Vorlesewettbewerb 19/20
Ausrichter: Stiftung Buchkultur und Leseförderung des Börsenvereins des Deutschen Buchhandels

FSC
www.fsc.org
MIX
Papier aus verantwortungsvollen Quellen
FSC® C089473

Dieses Buch ist erhältlich als:
ISBN 978-3-407-75457-8 Print
ISBN 978-3-407-74973-4 E-Book (EPUB)

in der Verlagsgruppe Beltz · Weinheim Basel
Werderstraße 10, 69469 Weinheim

Dieses Werk wurde vermittelt durch Paula Peretti Literarische Agentur, Köln
Einbandgestaltung: Olivia Vieweg, www.olivia-vieweg.de
Infografiken im Innenteil (nach einer Vorlage der Autorin): Eva Dietrich, www.bureau-dietrich.de
Herstellung: Viola Hessemer
Satz: publish4you, Engelskirchen
Druck und Bindung: Beltz Grafische Betriebe, Bad Langensalza
Printed in Germany

Weitere Informationen zu unseren Autor_innen und Titeln finden Sie unter: www.beltz.de

Aufwärmen

Das Wasser ist eiskalt und ganz klar. Im Mondlicht kann ich meine Füße sehen und kleine Fische, die um meine Beine flitzen.

Langsam wate ich weiter. Als das Wasser an meine Shorts schwappt, hole ich einmal tief Luft, tauche ein und schwimme los. Die Kälte krallt sich an meinen Armen und Beinen fest. Ich schwimme Oma-Brust, kleine, langsame Züge, den Kopf über Wasser, die Badeinsel im Blick. Ich trage keine Badekappe, keine Schwimmbrille, und die Shorts schlabbern schwer um meine Beine. Ich kann nicht die Züge bis zur Wende zählen und niemand stoppt die Zeit.

Trotzdem weiß ich: Das hier wird die beste Bahn meines Lebens.

Meine letzte Sommerferienwoche

Der Plan

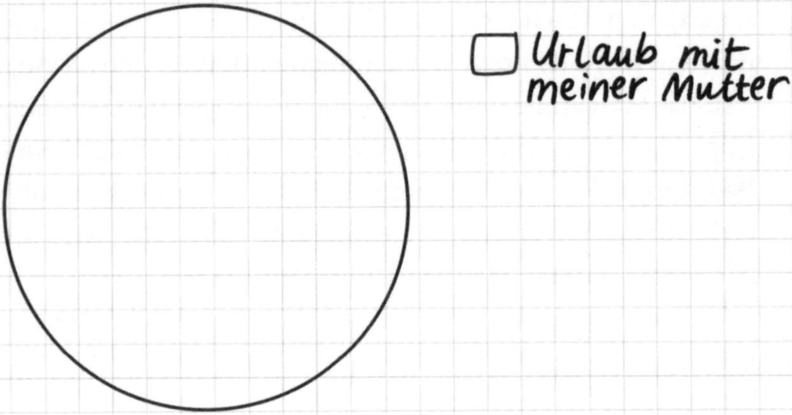

Die Realität

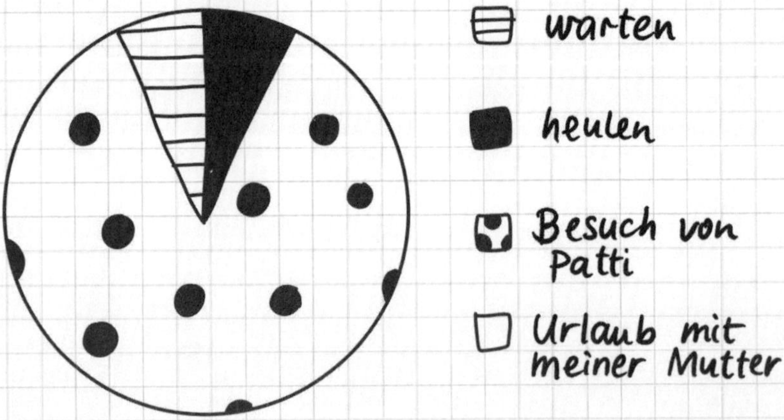

Jan

Klar wusste ich, dass wir umziehen. Mein ganzes Zimmer stand schließlich voll mit Kartons, und seit zwei Tagen hatte ich kein Bett mehr, nur noch eine Matratze. Was eigentlich cool war.

Aber trotzdem war es noch mein Zimmer. Wenn ich auf der Matratze lag und an die Decke sah, konnte ich wie immer Ryan Murphy zuschauen, wie er sich auf dem Rücken durchs Wasser wühlte. Rechts oben war ein langer Riss im Poster, wie ein Fragezeichen. Er ging schon fast bis zu Murphys Hand.

Und dann kam meine Mutter, stellte klappernd die Leiter auf und sagte: »Das nimmst du mit, oder?«

Eine typische Super-Mum-Frage. Super-Mum-Fragen sind dazu da, die Luft in Schwingung zu halten. Antwort überflüssig.

Meine Mutter stieg auf die Leiter und löste vorsichtig die Ecke mit dem Riss, und obwohl das Poster schon seit einem Jahr über meinem Bett an der Decke hing, rollte es sich sofort zusammen. Nur noch Murphys paddelnde Beine waren zu sehen – und das war wie ein Bauchplatscher. Einer von den unerwarteten. Noch in der Luft denkst du, du hast alles im Griff, und plötzlich donnerst du wie ein Anfänger aufs Wasser. Und dann ist da nur noch dieses eklige Brennen. Als hielte dich einer mit dem Bauch zuerst über den Grill.

Als meine Mutter die nächste Ecke löste, bin ich abgehauen. Ins Schwimmbad.

Alle waren draußen, im Freibad. In der Halle gluckerte nur das Wasser in den Überlauf. Ich drückte mir meine Brille auf die Augen, ließ das Gummiband gegen meinen Hinterkopf schnalzen und schwamm los.

Wenn ich schwimme, verschwindet alles aus meinem Kopf. Ich tauche ins Wasser ein, und dann sind da nur noch mein Atem, die Kacheln, die vorbeiflitzen, die Bahnen, die durch meinen Kopf klickern, und irgendwann das Brennen in meinen Armen und Beinen.

Ich hatte fast die ganzen Sommerferien nicht trainiert. Trotzdem schwamm ich meine übliche Strecke. Nach der Hälfte der Bahnen fing schon jeder Zug an zu schmerzen und danach hing ich noch ein paar Minuten am Beckenrand. Als ich mich endlich aus dem Wasser stemmte, wog mein Körper eine Tonne. Mindestens.

Ich schlüpfte in meine Badelatschen und ging nach draußen.

Die Schlange am Kiosk war irre lang und die Liegewiese ein einziges Gewusel.

Ich lief gerade am Sprungbecken vorbei, als ich sie sah. Unser Stammplatz war direkt hinter dem Fünfer. Auch heute war da ein riesiges Lager aus Decken und Taschen. Gerade schienen alle im Wasser zu sein. Außer Joschi. Und Lena. Joschi, der eigentlich mein Freund gewesen war. Aber der mich nicht mehr mit dem Hintern angeguckt hatte, seit er wusste, dass wir umziehen. Er hatte den Arm um Lena gelegt. Ganz locker nur. Aber trotzdem.

Ich drehte mich um, ging zum Fünfer und stellte mich an. Zum Glück war die Schlange nicht so lang. Kein einziges

Mal sah ich zu ihnen rüber. Erst von oben schaute ich hin: Ein paar andere waren aus dem Wasser zurück und Joschi hatte seinen Arm wieder weggenommen. Dann sprang ich. Meinen Acapulco-Köpper, den Lena immer so toll fand. Und bei dem Joschi immer versagt hatte. Ich tauchte perfekt ins Wasser ein.

Abends lag ich dann auf meiner Matratze. Die letzte Nacht in meinem Zimmer.

Ich starrte an die weiße Decke und versuchte, nicht zu heulen. Das funktionierte nur so mittelmäßig.

Flo

Meine Hühner

Was sie tun sollten

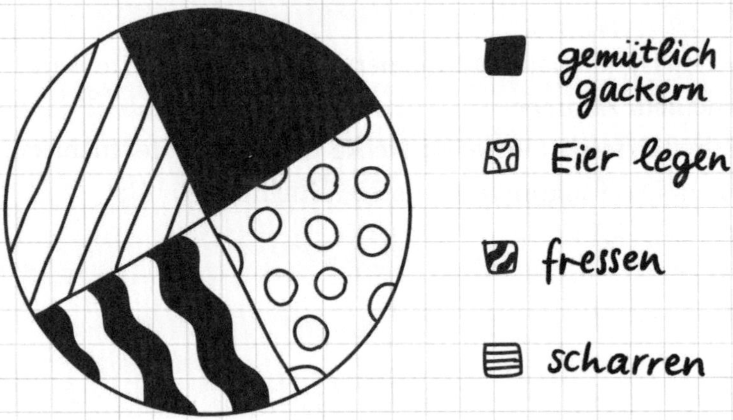

Was sie tatsächlich tun

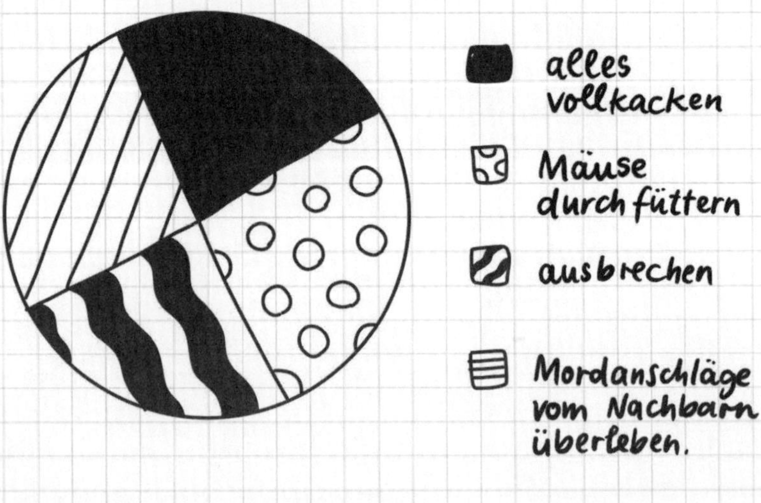

Jan

Ich hasste mein neues Zimmer. Aus der Decke ragten Kabel wie die Arme eines dürren Kraken. Es roch nach Farbe. Und Schweiß. Und eine Wand war blau.

Als ich das Zimmer mit meinem Vater gestrichen hatte, dachte ich, das kommt gut. Aber jetzt fand ich es nur noch bescheuert.

Ich stieg über die Müllsäcke mit meinem Bettzeug und riss das Fenster auf. Im Vergleich zu unserem alten Garten war der neue winzig. Ein schmaler, langer Streifen, rechts eine Hecke, links eine Hecke, ein Törchen zum Trampelpfad, der hinter den Gärten entlang zur Straße führte.

Tobi saß draußen im Sandkasten und spielte mit Matschepampe. Seine Klamotten hatte er ausgezogen und neben den Sandkasten geschmissen. Wenigstens hatte er seine Unterhose angelassen.

»Was ist los, Jan?« Meine Mutter stand plötzlich im Zimmer. Joschi hat mal gesagt, dass sie ein bisschen aussieht wie Professor Trelawny ohne Brille. Ich hab eine Woche nicht mehr mit ihm geredet. Aber ehrlich gesagt: Er hatte recht. Und obwohl sie heute das Trelawny-Zeugs (langer Rock, Klimperkette, Haarband) gegen abgeschnittene Jeans, Shirt und Zopfgummi getauscht hatte, war ich mir mal wieder nicht sicher, ob sie nicht doch apparieren konnte. Manchmal ploppte sie einfach neben mir auf. Natürlich immer zum ungünstigsten Zeitpunkt. So wie jetzt. Eigentlich sollte ich auspacken. Aber ich stand am Fenster und sah Tobi beim Matschen zu.

»Weißt du«, meine Mutter seufzte genervt, »ich wäre jetzt auch lieber im Urlaub. Oder im Freibad.«

Ich musste an Joschi denken. Und Lena. Bestimmt waren sie heute wieder im Freibad.

»Jan?«

»Hm?« Ich streckte mich und hievte den obersten Karton vom Stapel.

»Hörst du mir überhaupt zu?«

Der Karton war schwerer, als ich gedacht hatte. Eine Seite rutschte aus meiner Hand und der ganze Karton donnerte auf den Boden. Innendrin schepperte es. Hörte sich ungesund an.

»Du bist so …« Meine Mutter warf beide Hände in die Luft und ließ sie klatschend auf ihre Beine fallen. Sie sah ziemlich sauer aus. »Weißt du was? Geh einfach runter und pass auf Tobi auf.«

»Aber ich fang jetzt hier an, echt. Brauchte nur mal 'ne Pause.«

»Dann mach die draußen, bei deinem Bruder.« Meine Mutter drehte sich um und rauschte aus dem Zimmer.

»Mama? Maaamaaaa!« Unten stand Tobi mit seinem Eimer neben dem Wasserhahn. Seine Unterhose war hinten schon ganz feucht und schlammig. »Der Hahn ist so fest zu. Der geht gar nicht auf! Mama, komm mal!«

Na super.

Ich stampfte die Treppe runter. In der Küche stand Nele mitten in einem Berg Zeitungspapier. Sie hielt in der einen Hand einen halb ausgepackten Teller, in der anderen ihr Handy.

»Na, aufgeflogen?« Mit dem Daumen wischte sie über das Display.

»Nerv nicht.« Ich kickte gegen das Zeitungspapier und verteilte es schön in der Küche und im Wohnzimmer.

Meine Schwester kriegte davon nichts mit. Sie klebte weiter an ihrem Handy.

Ich schob die Terrassentür auf. Tobi hatte seinen Eimer über den Hahn gehängt und versuchte immer noch mit beiden Händen, das Wasser aufzudrehen.

»Lass mich mal.« Ich schob Tobi zur Seite und öffnete den Hahn. Wasser spritzte nach allen Seiten, in Tobis Eimer, auf Tobis nackten Bauch und auf meine Shorts.

»Scheiße.« Schnell drehte ich den Hahn zu.

»Sagt man nicht.« Tobi zog den Eimer vom Hahn und rannte zum Sandkasten zurück. Meine Shorts klebten an meinen Beinen. Sah aus, als hätte ich in die Hose gepinkelt. Wirklich ganz große Klasse.

»Guck mal, Janni, hier.« Tobi zeigte mit seinem dreckigen Finger auf einen Sandhügel. »Mit Tunnel.«

»Hm, toll.« Ich ging zu ihm rüber und setzte mich auf den Sandkastenrand. Im Nachbarhaus fing jemand an, Geige oder so was zu üben. Klang ziemlich schräg.

Tobi steckte seine Hand in das Tunnelloch. Der Sandhaufen bekam Risse. »Geht einmal ganz durch.«

»Super.«

»Willst du auch mal?«

»Was?«

»Die Hand durchstecken.«

»Nee, lass mal. Meine ist viel zu groß.« Ich schaufelte Sand auf meine nackten Füße und klopfte ihn fest. Das Gefiedel nebenan hörte wieder auf. Zum Glück.

»Da ist ein Huhn«, sagte Tobi.

»Hm, klar. Ein Huhn.« Ich wackelte mit den Zehen. Mein Fuß-Sandberg bekam Risse.

»Wirklich. Guck doch mal.«

Tobi zog an meinem Ärmel. Ich sah kurz auf. »Ich seh kein Huhn.«

»Doch. Da.« Tobi zeigte zur Hecke.

Da sah ich es auch. In dem schmalen Schatten der Hecke hockte tatsächlich ein Huhn.

»Gehört das jetzt auch uns?« Tobi stieg aus dem Sandkasten und ging langsam auf das Huhn zu.

»Natürlich nicht.«

Das Huhn gackerte und rannte mit den Flügeln flatternd quer durch den Garten.

Und dann sah ich Flo zum ersten Mal. Also, eigentlich sah ich von Flo ziemlich lang nur einen Fuß mit bunt lackierten Nägeln, ein Bein mit mindestens tausend Sommersprossen und … na ja, ihren Po. Der Rest von ihr steckte irgendwie in der Hecke fest.

»Pass auf, dass Vicki nicht in den nächsten Garten abhaut«, sagte sie und hopste auf dem einen Bein.

»Vicki?«

»Das Huhn, Mann!« Mit einem Ruck zog sie ihr anderes Bein aus der Hecke. »Du kannst sie auch einfach fangen.«

Sie hatte rote Haare und davon jede Menge und jede einzelne Strähne schien an einem anderen Zweig festzuhängen.

»Verdammter Mist!« Vorsichtig fing sie an, ihre Haare aus dem Gestrüpp zu ziehen. »Versuch, sie an den Füßen zu erwischen.«

Das Huhn war jetzt gefährlich nah an der gegenüberliegenden Hecke. Es pickte nach irgendwas im Boden.

»Beißt das?« Jetzt mal echt: Hatte ich das wirklich gefragt? Meine Ohren waren auf einmal total heiß.

Flo hörte auf, ihre Haare aus der Hecke zu fummeln. »Hast du etwa Schiss? Vor einem Huhn?«

»Ganz bestimmt nicht.« Mittlerweile glühte mein ganzes Gesicht. Gut, dass Flo noch mit ihrem Kopf in der Hecke steckte.

»Na, dann«, sagte sie und machte mit ihren Haaren weiter.

Tobi hatte sich wieder an das Huhn herangeschlichen, in der Hand ein Löwenzahnblatt. »Lecker, lecker.« Er hielt dem Huhn das Blatt hin.

Ich wusste gar nicht, wie schnell so ein Huhn sein konnte. Es gackerte und rannte nicht zu Tobi und seinem Blatt, sondern wackelte wie der Blitz auf den nächsten Garten zu.

Und ich hechtete einfach nach den Hühnerbeinen. Mein Ellbogen schrappte über die Wiese, dann mein Bauch und dann mein Gesicht. In meinem Mund waren Gras und ein bisschen Erde, und der erste Atemzug nach der brutalen Landung stach im Rücken.

Aber alles egal: Zwischen meinen Fingern fühlte ich den Hühnerfuß, dünn, ledrig und warm. Das Huhn war auf die Brust geplumpst und lag ganz still da.

»Voll cool, Janni.« Tobis sandige Füße tauchten neben

mir auf. Das Huhn bewegte sich immer noch nicht. »Darf ich das streicheln?«

»Klar.« Flo hatte sich endlich aus der Hecke befreit. Als ich den Kopf zur Seite drehte, konnte ich ihre bunten Zehennägel zwischen den Grashalmen sehen.

Tobi streichelte mit seiner dreckigen Hand dem Huhn vorsichtig über die Federn. Das Huhn ruckte mit dem Kopf und pickte nach ihm. Schnell zog er seine Hand weg.

Flo nahm das Huhn mit beiden Händen hoch. »Du kannst jetzt loslassen.«

Langsam stand ich auf.

Flo war ziemlich klein. Sie ging mir nur bis zur Schulter. In ihren Haaren hingen Blätter. Das Huhn saß still auf ihrem Arm.

»Geht's dem gut?«

»Klar.« Sie schaute an mir herunter. »Und dir?«

Am Bauch hatte ich eine grün-braune Schleifspur. Mein Ellbogen tat weh. Und meine Hose war immer noch nass von der Sache mit dem Wasserhahn.

»Klar«, sagte ich, drehte mich schnell weg und ging rüber zum Sandkasten.

»Wie heißt du eigentlich?«, fragte Tobi und wischte sich mit dem Handrücken den Rotz von der Nase.

»Flo.«

»Das ist ja wohl kein Name.« Tobi schaute zu mir. Auf seiner Wange glänzte eine Schleimspur. »Oder, Janni? Da könnte die ja wohl auch Wanze heißen. Oder Laus. Oder …«

»Ist bestimmt 'ne Abkürzung«, sagte ich schnell. Nicht, dass Tobi noch weitermachte mit dem Ungeziefer.

»Und wovon? Von Flocke? Flotte? Floppi?«

»Nee, bestimmt von …« Mir fiel nichts ein. Gar nichts. Da saß ich mit dreckigem Shirt und nasser Hose und sah nicht nur aus wie ein Idiot, ich kam auch genauso rüber.

»Florentine.« Sie drehte sich um und marschierte durch die hintere Tür aus dem Garten. Ein Blatt wippte hinten in ihrem Haar.

Super gelaufen. Echt.

Flo

Gespräch mit Patti über Jan

Mögliche Verlaufsvarianten und Ergebnis

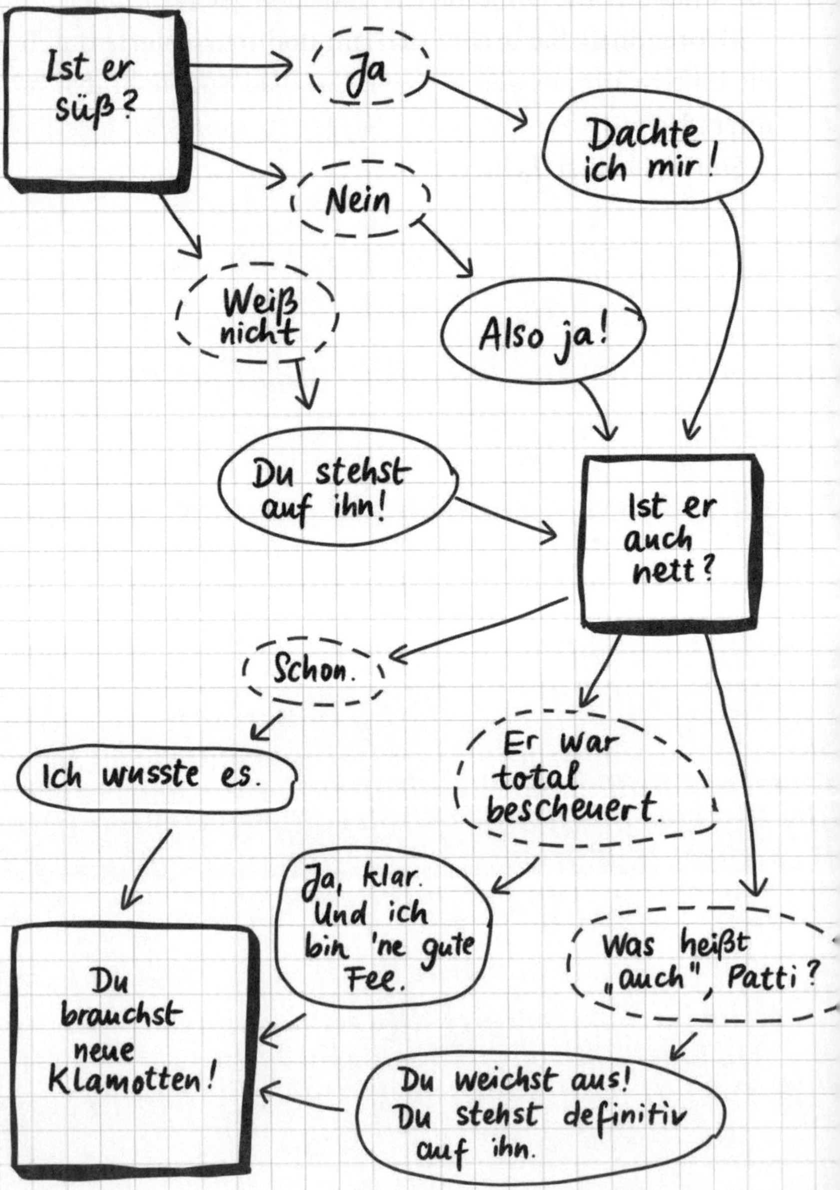

Jan

»Wir könnten morgen zu diesem Badesee fahren«, sagte Nele beim Abendessen.

Wir saßen draußen auf dem Terrassenboden. Mein Vater hatte zwei Dosen Ravioli auf seinem Campingkocher gewärmt. Eigentlich sollte ja die Küche schon eine Woche vor unserem Umzug fertig sein. Mein Vater hatte sie selbst aufgebaut. Aber dann passte der Herd irgendwie nicht. Wahrscheinlich hatte mein Vater mal wieder die Anleitungen und Hinweise nicht gelesen.

»Juchhuuu! Badesee!« Raviolibröckchen flogen aus Tobis Mund auf meinen Teller.

»Boah, Tobi, mach den Mund zu!« Ich schnipste die matschigen Bröckchen weg.

»Wir können nicht mit«, sagte meine Mutter. »Papa und ich haben noch jede Menge zu erledigen.«

»Müssen wir Tobi mitnehmen?« Ich lehnte mich zum Kocher rüber und angelte mir noch ein paar Ravioli aus dem Topf. In meinen Rippen zog es dabei ganz schön.

»Natürlich.« Mein Vater hatte immer noch seine Arbeitslatzhose an. Damit sah er aus wie ein aufgeblasenes Heinzelmännchen.

Meine Schwester verdrehte die Augen. »Na toll. Mit zwei Spackos am Badesee.«

»Was sind Spackos?« Diesmal hatte Tobi zum Glück den Mund leer.

»Loser«, sagte Nele.

Und ich schnell: »Superhelden. Wie wir halt.«

»Janni hat heute ein Huhn gefangen.« Tobi zeigt mit dem Löffel auf mich. Tomatensoße klatschte auf die Terrasse.

»Ein Huhn?« Mein Vater schob sich ein Ravioli in den Mund und bekleckerte dabei seine Latzhose. »Echt?«

»Und die heißt Flo.« Tobi stemmte seine Fäuste in die Seiten. »Das ist ja wohl kein Name, oder?«

»Na ja«, mein Vater wischte an dem Fleck auf der Hose rum. »Vielleicht ist das ja ein Hühnername.«

»Doch nicht das Huhn! Das Mädchen!«

»Welches Mädchen?«

»Na, das von dem Huhn.«

»Solltest du nicht auf Tobi aufpassen?«, fragte meine Mutter. War ja klar. Tobi erzählte komisches Zeug, und direkt dachte sie, ich hätte mich gedrückt.

»Das war vielleicht das Huhn von unserer Nachbarin? Und die heißt Flo. Abkürzung von Florentine.« Ich stand auf. »Ich geh duschen.«

Später kam meine Mutter noch mal in mein Zimmer.

Ich lag auf meinem Bett und starrte an die weiße Decke. Außer dem Bett hatte mein Vater noch das Regal aufgebaut. Das stand jetzt vor der blauen Wand. Aber ausgepackt hatte ich immer noch nichts.

»Morgen nehmen wir uns dein Zimmer vor.« Sie setzte sich auf die Bettkante.

»Wir sind am Badesee.«

»Dann halt danach.«

»Hm.«

»Das wird schon, Janni.« Sie fuhr durch meine Haare.

Ich zog meinen Kopf unter ihrer Hand weg. »Weißt du doch gar nicht.«

»Was?«

»Dass es wird.«

Meine Mutter seufzte. »Natürlich nicht, aber …«

»Warum sagst du das dann? Wenn du keine Ahnung hast.«

»Ich hoffe es halt.« Sie schaute sich in meinem Zimmer um.

»Dann schlaf mal gut. Deine erste Nacht …«

Ich drehte mich auf die Seite, zur Wand. Meine Mutter seufzte noch einmal, dann ging sie.

Es war komisch. Mein Bett fühlte sich an wie immer. Es roch sogar wie immer. Aber alles um mich herum war fremd: Der Geruch nach Farbe. Die Schritte meiner Mutter auf der Treppe. Das Rauschen der Dusche.

Es war viel zu warm. Ich stand auf, zog leise das Rollo hoch und öffnete das Fenster. Flo saß nebenan auf der Terrasse. Sie hatte zwei Lämpchen auf den Tisch gestellt. Ich beugte mich ein bisschen weiter vor. Keine Ahnung, ob ich dabei ein Geräusch gemacht hatte. Auf jeden Fall drehte sich Flo um. Schnell zog ich meinen Kopf wieder zurück und schrammte dabei am Fensterrahmen entlang.

Der Schmerz war kurz, aber heftig.

Und Flo hatte mich entdeckt.

»Spannst du?« Sie schlug ihr Heft zu, so ein dickes, schwarzes mit roten Ecken. Bestimmt schrieb sie Tagebuch. Wie Nele.

»Ich lüfte. Was dagegen?« Ich tastete nach der Beule an meiner Schläfe.

»Ja, klar.« Sie nahm das Heft und ihr Mäppchen. »Und ich schlafwandle.«

Sie verschwand nach drinnen.

Ich ließ das Fenster offen und das Rollo auf Ritze.

Ich lag noch lange wach.

Das Gute an Patti

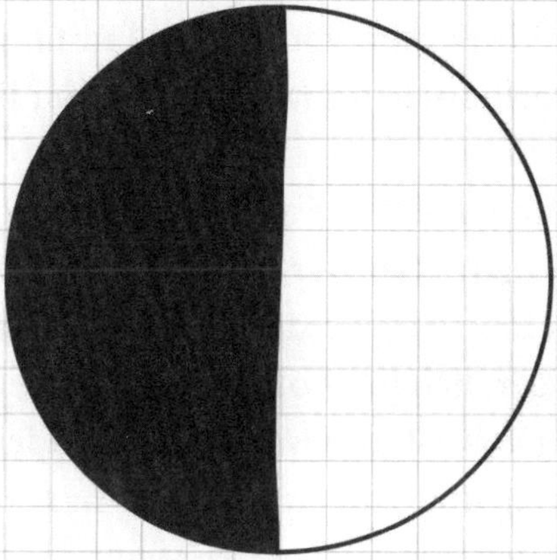

☐ Sagt, was sie denkt.

■ Überredet mich, Dinge anzuziehen, die ohne sie noch nicht mal in meinem Schrank hängen würden.

Das Problem mit Patti

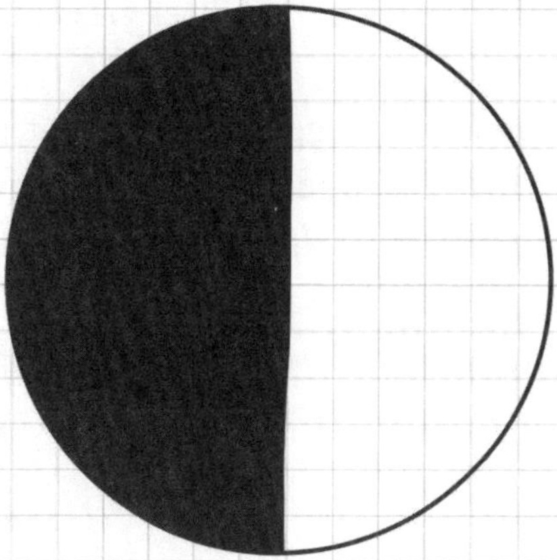

☐ Sagt, was sie denkt.

■ Überredet mich, Dinge anzuziehen, die ohne sie noch nicht mal in meinem Schrank hängen würden.

Jan

Es war windstill und die Oberfläche des Badesees sah so glatt aus wie das Wasser im Becken vor dem Frühtraining. Weiter draußen lagen Segelboote an roten und grünen Bojen, die Segel noch eingerollt.

Wir waren früh dran. Tobi hatte uns alle kurz nach sechs geweckt. Den ganzen Morgen über war ich deswegen stinkig. Aber jetzt, als ich als Einziger von der Badeinsel in den See sprang, fand ich es eigentlich ganz okay.

Ich schwamm weit weg vom Strand und von der Badeinsel. Meine Züge waren ruhig und sauber. Die Luft war schon warm und das Wasser eigentlich auch, aber wenn ich die Arme am Körper vorbeizog, spürte ich die Kälte unter mir.

Als meine Muskeln zu brennen anfingen, schwamm ich noch bis zur ersten Boje, dann drehte ich um.

Keuchend legte ich mich auf die warmen Holzplanken der Badeinsel. Tobi tobte mit seinen Schwimmflügeln im flachen Wasser. Selbst hier draußen konnte man ihn schreien hören. Nele saß in seiner Nähe und sonnte sich. Ihre riesige neue Sonnenbrille verdeckte die Hälfte ihres Gesichts.

Ich schloss die Augen.

Vielleicht war ich ein bisschen weggedämmert, auf jeden Fall wackelte plötzlich die Insel und eine Stimme sagte: »Scheiße, ist das kalt.« Es platschte. »Erzählst du mir jetzt endlich was von dem bescheuerten Typen neben euch?«

»Du nervst, Patti.«, hörte ich eine zweite Stimme, ziemlich außer Atem. Ich erkannte sie sofort und setzte mich auf. Flo.

Oh, Mann!

Sie hatte nicht nur an den Beinen tausend Sommersprossen. So viel war mal sicher. Sie hatte einen Bikini an, grün, und, na ja, ich entschied mich für den Bauchnabel. Da hinzugucken erschien mir am sichersten. Und außerdem hatte sie neben dem Bauchnabel eine extragroße Sommersprosse, die ein bisschen aussah wie ein Herz.

»Was machst du denn hier?« Flo schlang beide Arme um sich und verdeckte das Sommersprossen-Herz.

»Kennst du den?« Das andere Mädchen trug den gleichen Bikini wie Flo.

Flo zuckte mit den Schultern. Durch das Wasser waren ihre Haare dunkel und lagen platt an ihrem Kopf.

Das andere Mädchen kam auf mich zu. »Ich bin Patti, Flos Cousine.«

»Hi.« Ich konnte Flo nicht mehr sehen. Ihre Cousine, Patti, stand jetzt direkt vor mir. Sie hatte keine Sommersprossen. Und kurze Haare, die ihr wie Stacheln vom Kopf abstanden.

»Und du bist …«

»Jan.«

»Der bescheuerte Typ von nebenan?«

»Patti!« Flo schlug Patti so fest auf den Arm, dass sie einen Schritt zur Seite taumelte. Flos Gesicht war knallrot. Ihr Hals auch.

Das war mir alles ein bisschen zu blöd. Auf so einen peinlichen Kram hatte ich echt keinen Bock. Ich stellte mich an den Rand der Badeinsel. Direkt neben die Mädchen. Dann sprang ich.

Die Insel war nicht ganz so hoch wie ein Startblock, aber es reichte. Cheating Jump. Den Namen hatte Joschi sich ausgedacht. Fängt an wie ein Köpper, hört auf wie eine Bombe. Du musst schnell sein, rechtzeitig einklappen. Am besten wird er, wenn du noch an deine Knie kommst.

Dieser hier wurde perfekt. Selbst unter Wasser hörte ich Flo quieken.

Ich hasse es, irgendwo einkaufen zu gehen. Also jetzt nicht bei Media Markt, Aldi und so. Sondern in Läden, wo man Schilder lesen muss. Das klappt echt nie. Okay, beim Kiosk in unserem alten Schwimmbad vielleicht. Da wusste ich auch so, was es gab.

Aber die Bude an diesem Badesee war eine Katastrophe. Hier gab es ein Schild, das draußen auf dem Boden stand, und eines, das seitlich von der Verkaufstheke hing. Beide konnte ich nur halb sehen, weil Leute davorstanden. Und sie waren mit der Hand beschrieben. Eine absolute Sauklaue.

Neben mir hüpfte Tobi auf und ab. Nele hatte nur die Augen verdreht, als ich sie bat, mit ihm zum Kiosk zu gehen. Natürlich hatte sie auch noch einen bescheuerten Spruch abgelassen: »Sei ein großer, mutiger Junge.« Blöde Kuh.

»Was gibt es denn alles, Janni? Gibt es auch Pommes? Mit Ketchup-Majo?«

»Glaub schon.«

»Und Wurst. Kann ich auch Wurst?«

»Klar.«

»Oder ich nehme eine Frikadelle.«

»Willst du nicht einfach Pommes rot-weiß?« Die gab es auf jeden Fall. Der Typ vor uns hatte das gerade bestellt.

»Ja.« Tobi drehte sich einmal im Kreis. »Und 'ne Friko.«

»Aber«, plötzlich hörte ich Flos Stimme. Ich drehte mich um. Sie stand nur vier Leute hinter mir in der Schlange. Über ihren Bikini hatte sie ein langes T-Shirt gezogen und neben ihr sah ich einen blonden Typen, mindestens so groß wie ich. Er streckte den Arm aus, griff in ihren Nacken und zog am Knoten ihres Bikinis. Flo schlug nach ihm. Der Typ lachte.

»Heute noch, junger Mann?« Der Dicke hinter der Theke sah mich an und klapperte mit der Wurstzange.

»Zweimal Pommes rot-weiß.«

»Frikadelle, Jan.« Tobi tippte mich an. »Ich will doch auch eine Frikadelle.«

Der Dicke schaufelte Pommes in die Pappschälchen. Auf dem Grill lagen nur Würstchen. Keine Frikadellen. Hinter mir sagte Flo laut: »Lass es!« Ich sah über die Schulter, konnte aber nur den Blonden sehen. Er grinste blöd. Von hinten kam Flos Cousine, diese Patti, über die Wiese gejoggt.

»Alles?« Der Dicke klapperte schon wieder mit seiner Zange.

»Ja.«

»Nein!« Tobi stampfte mit dem Fuß auf.

»Was jetzt? Ja oder nein?«

Ich versuchte ein letztes Mal, die Karte zu lesen. Tausend Schlaufen und Bögen. Kurze Wörter gehen ja oft noch. Aber auf so einer Karte sind die meisten Wörter für mich schon zu lang. Vor allem, wenn es schnell gehen muss.

Ich gab auf.

»Haben Sie auch Frikadellen?«

Der Dicke wendete die Würstchen. »Ich hab alles, was da steht.« Er zeigte mit der Zange auf die Karte.

»Dann noch eine Frikadelle.«

»Sag mal, willst du mich verarschen?« Der Dicke wurde plötzlich laut. Er schrie nicht, aber bestimmt konnte man ihn ein paar Meter hinter mir hören. Flo konnte ihn hören.

»Nein, ich …«

»Oder siehst du hier ein Schild, wo ›Heute auch Frikadellen‹ draufsteht?«

Schnell legte ich das Geld für die Pommes neben die Kasse.

Der Fette hackte den Preis in die Kasse und donnerte mir das Wechselgeld hin. »Nächster.«

Ich nahm die beiden Pommesschälchen.

»Ich will meines selbst tragen.« Tobi zog an meinem Arm. Pommes regneten auf den Boden.

»Was machst du?« Der Pommesberg in der einen Schale war kurz davor, komplett abzustürzen. »Denkst du auch mal nach?« Schnell stellte ich die Schalen auf dem Tischchen neben der Bude ab.

Tobi schob die Unterlippe vor. Das Letzte, was ich jetzt noch brauchte, war Rumgeheule.

»Ist ja noch mal gut gegangen.« Ich schob ihm die vollere Schale zu. »Hier, nimm die.«

Tobi tunkte drei Pommes auf einmal erst in die Majo, dann in den Ketchup und stopfte sie sich in den Mund. Er war sofort von der Nase bis zum Kinn verschmiert.

»Da ist Flo!«, rief er und leckte sich die Finger ab.

»Jetzt essen wir erst mal Pommes.« Nichts gegen Flo. Aber auf den komischen Blonden und diese Patti hatte ich echt keine Lust.

»Klar.« Tobi schob sich die nächsten Pommes rein. »Mädchen sind eh doof. Und Mädchen mit doofem Namen sind doppelt doof.«

Die Schlange vor der Bude rückte auf.

»Ich steh einfach hier an«, sagte der Blonde gerade und zuckte mit den Achseln. »Kauf mir 'ne Pommes. Normal halt.«

»Ach ja?« Patti verschränkte die Arme. Sie hatte sich zwischen Flo und den Blonden gequetscht.

»Ja.«

»Vergiss es einfach«, sagte Flo und zog Patti weiter Richtung Bude.

Aber Patti machte sich los. »Und zufällig stehst du genau hinter Flo oder wie?«

»Kann ich doch nichts dafür«, meinte der Blonde.

»Komm, lass, Patti.« Flo zeigte auf die Eistafel. »Sag mir lieber, was du willst. Wir sind gleich dran.«

»Aber der lügt doch. Der stalkt dich.«

»Klar. Nimmst du auch ein Magnum?«

»Wie klar?«

»Er hat kein Geld, Patti. Oder siehst du welches?«

Patti musterte den Blonden von oben bis unten. Er hatte nur eine Badehose an.

Dann sagte sie ganz ernst: »Er könnte es zwischen die Pobacken geklemmt haben.«

»Patti!«

»Sollen wir nachgucken?«

»Patti!« Flo war jetzt ganz rot im Gesicht. Der Blonde aber auch.

»Blöde Weiber«, sagte er und verschwand Richtung Liegewiese.

Und dann rief Tobi plötzlich ganz laut in Richtung der beiden Mädchen: »Meinst du echt, Flo, das geht? Also Geld im Po einklemmen? Und ohne dass es rausfällt?«

Die halbe Kioskschlange lachte. Flo und Patti drehten sich zu uns um.

»Ich weiß gar nicht, was du hast. Ich find ihn süß. Und nett«, hörte ich Patti sagen.

Und dabei guckte sie nicht Tobi an. Sondern mich.

Ich wollte einfach nur noch ganz schnell weg.

Flo

JAN

⊖	⊕
	1 2

1 Locken
2 cooler Sprung von Badeinsel

Jan

Ich hab keine Ahnung, wie Nele das macht. Aber sie weiß immer, wann ich absolut keine Lust habe, mich über irgendein Mädchen zu unterhalten.

Und dann quatscht sie natürlich über nichts anderes.

Sie radelte auf dem Rückweg vom Badesee neben mir. Tobi saß schlafend im Kindersitz hinten auf ihrem Fahrrad. Bei jedem Schlenker fiel sein Kopf von einer Seite auf die andere.

Und dann ging's los: »Die Rothaarige wohnt neben uns, oder?«

»Wer?«

»Das ist diese Flo, oder? Die mit dem Huhn. Tobi hat das gesagt, als sie an uns vorbei ins Wasser gegangen ist.«

»Hm.« Ich fuhr ein bisschen schneller. Nach der Sache am Kiosk hatte ich Flo nicht mehr gesehen. Also wie hatte Nele das überhaupt mitgekriegt?

Neles Gangschaltung ratterte, dann war sie wieder neben mir.

»Ist sie nett?« Bestimmt wackelte sie jetzt mit den Augenbrauen. Ich guckte aber einfach weiter gerade aus.

»Keine Ahnung.« Ich gab noch ein bisschen mehr Gas, und endlich kam Nele mit Tobi hintendrauf nicht mehr mit. Aber natürlich redete sie trotzdem weiter: »Für keine Ahnung hast du aber auf der Badeinsel 'ne ganz schöne Show hingelegt. Mit der Monsterarschbombe.«

Dann blieb Nele zum Glück so weit zurück, dass ich sie nicht mehr hören konnte.

Flo

Was einen guten Witz ausmacht

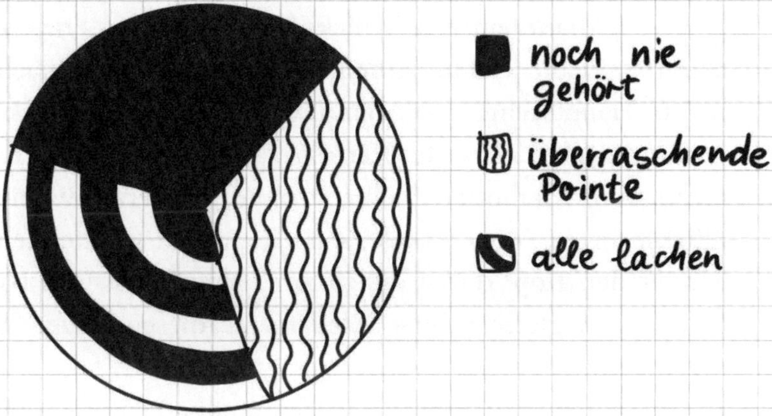

Witze meines Vaters

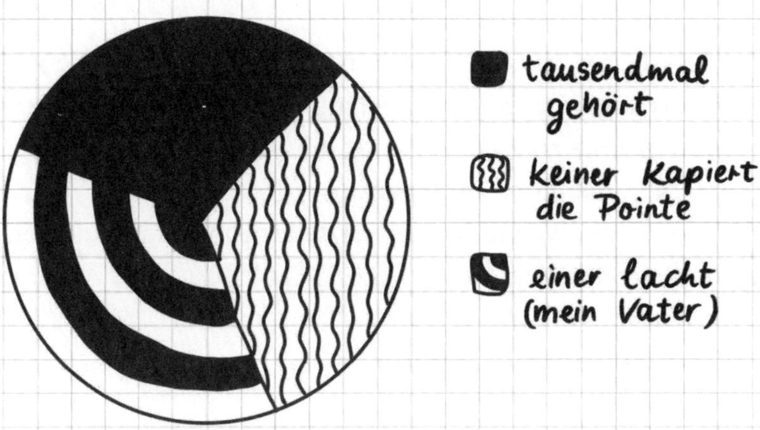

Jan

Zu Hause stieg ich auf die Leiter und hängte Murphy an die Decke. Er hatte ein paar Knicke mehr, und der Fragezeichenriss reichte jetzt bis zu seinen Fingern, aber das machte nichts. Hauptsache, er schwamm wieder an meiner Decke.

Dann packte ich weiter Kartons aus: Schulzeug, Schreibtischlampe, Klamotten, meine Drohne, meinen Schwimmglücksbringer, Fotos, Pokale. Zwischendurch steckte meine Mutter den Kopf durch die Zimmertür: »Machst du bald Schluss? Ist gleich zehn.« Wieder eine dieser Fragen. Sie machte die Tür einfach wieder zu.

Als ich den letzten Karton ausgeräumt hatte, war es draußen schon dunkel. Ich knipste die Schreibtischlampe aus und öffnete das Fenster. Die Luft hatte sich mittlerweile abgekühlt und es roch nach Sommer, nach Wiese und Grill und nach Zigarette. Auf der Terrasse nebenan war es dunkel. Ich wollte gerade das Fenster wieder schließen, da sah ich es. Hinten. Im Sandkasten. Das Huhn. Es hockte in einer kleinen Mulde. Nur der Kopf ragte heraus.

»Ich dachte, du schläfst schon«, sagte meine Mutter, als ich ins Wohnzimmer kam. Sie hatte ihre Yogamatte ausgerollt und machte eine Verrenkung, die echt gefährlich aussah.

»Nee, hab noch ausgepackt.«

»Fertig?« Meine Mutter setzte sich in den Schneidersitz und streckte sich.

»Ja.«

»Stell die Kartons einfach in den Flur.«

»Hab ich schon.« Möglichst leise, um das blöde Huhn nicht aufzuscheuchen, öffnete ich die Terrassentür.

»Stopp mal, Jan. Wohin willst du?« Mein Vater setzte sich auf und drückte den Ton des Fernsehers weg. »Es ist schon nach zehn.«

»Ich geh nur schnell das Huhn holen.« Bevor er vom Sofa hochkam, war ich schon draußen. Langsam schlich ich über die warmen Steine der Terrasse, dann über die Wiese. Das Huhn bewegte sich nicht. Auch nicht, als ich direkt vor dem Sandkasten stand. Vielleicht schlief es.

Ich versuchte, es so hochzunehmen, wie ich es bei Flo gesehen hatte. Die Hände seitlich über den Flügeln. Das Huhn blieb ganz ruhig. Drehte nur ein-, zweimal den Kopf. Unter den ganzen Federn fühlte es sich winzig an. Zerbrechlich.

»Jan!« Mein Vater stand an der Terrassentür und zog seine Jogginghose hoch.

»Ich bring das kurz rüber.« Mit den Fuß öffnete ich das Gartentörchen.

»Aber geh besser vorne rum. Wenn du so nebenan im Garten auftauchst, denken die, du klaust Hühner.«

»Haha.«

Auf dem Weg hinter den Gärten war es stockdunkel und ich tastete mich durch das feuchte Gras bis zur Straße vor. Dort sprangen dann alle Bewegungsmelder über den Haustüren an, sodass die Straße hell erleuchtet war, als ich endlich vor Flos Haus ankam.

Ich drückte mit meinem Ellbogen auf die Klingel und wartete. Die raue Fußmatte pikste in meine Füße. Das Huhn blieb ganz ruhig.

Der Mann, der mir die Haustür öffnete, hatte rote Haare und eine rote Brille. Zweifellos Flos Vater.

Bevor ich etwas sagen konnte, drehte er sich um und brüllte ins Haus: »Tinchen, das verrückte Huhn ist wieder da!« Dann lachte er.

Das Huhn mochte das nicht, glaube ich. Jedenfalls wurde es unruhig und zappelte herum. Mit einer Kralle blieb es in meinem T-Shirt hängen. Es knirschte, als der Stoff zerriss.

Irgendwo hinten im Haus rief Flo: »Mann, Papa, der Witz ist echt so was von alt.« Und dann sah ich sie. Ihre Haare bauschten sich um ihren Kopf wie orangerote Zuckerwatte. Als sie mich mit dem zappeligen Huhn in der Tür entdeckte, drehte sie plötzlich um und rannte die Treppe rauf.

»Komm einfach durch«, sagte Flos Vater.

Das Wohnzimmer war voll mit Büchern. Da, wo meine Mutter heute unsere Familienfotos aufgehängt und mein Vater den Fernseher an die Wand gedübelt hatte, stand bei Flos Familie das größte Bücherregal, das ich je gesehen hatte. Es ging bis zur Decke.

Auf einem Notenständer in der Ecke stapelten sich Hefte, Ordner und lose Blätter.

»Spielst du auch?«, fragte Flos Vater.

»Äh, was?«

»Spielst du auch Geige?«

»Nein.«

»Ach so. Du hast Flos Noten so angeguckt, da dachte ich …«

»Nein, ich … mit Musik, also … ich bin ziemlich gut im Schwimmen.«

»Schwimmen?« Flos Vater guckte ziemlich verwirrt. Als wäre Schwimmen etwas total Abgefahrenes. Wie vielleicht Unterwasserhockey oder Bubblefußball.

Er öffnete die Terrassentür. »Am besten, du gehst schon mal raus.«

Als ich an ihm vorbei nach draußen ging, streckte er eine Hand nach dem Huhn aus, zog sie dann aber schnell wieder zurück, als es nach ihm pickte. »Hühnerflüsterer, was?«

»Äh, weiß nicht.« Hühnerflüsterer? Hoffentlich war das nichts Perverses.

»Na ja, du weißt schon. Du verstehst das Huhn, und das Huhn versteht dich.«

Ach du Scheiße!

»Die Vicki lässt sich nämlich sonst nur von Flo anfassen.« Flos Vater fuhr sich mit beiden Händen durch die Haare. Jetzt standen sie noch mehr vom Kopf ab als vorher. »Aber bei dir war es wohl Liebe auf den ersten Pick.« Er fing wieder an zu lachen, und das Huhn zuckte hektisch mit dem Kopf.

»Du bist so was von peinlich.« Flo war plötzlich im Wohnzimmer aufgetaucht und quetschte sich an ihrem Vater vorbei. Ihre Haare hatte sie zu einem Zopf-Knoten-Dingsbums oben auf ihrem Kopf zusammengenudelt. Sie stieg in die Gummistiefel neben der Terrassentür, ging zum Hühnergehege und öffnete die Tür.

»Jetzt komm schon!«

Als ich mit dem Huhn neben ihr stand, schaute sie auf meine nackten Füße. »Bleib lieber draußen«, sagte sie. »Sonst hast du nachher alles voller Hühnerkacke.«

Sie nahm mir das Huhn aus dem Arm und ging in den Auslauf.

»Irgendwo muss der Zaun kaputt sein.« Sie öffnete eine Klappe am Stall. »Aber ich weiß nicht, wo.« Sie schob das Huhn in den Stall und schloss die Klappe wieder.

»Wie viele hast du?« Meine Stimme hörte sich komisch an. Quäkig. Ich räusperte mich.

Flo richtete sich auf. »Wie viele was?«

»Äh, Hühner.«

»Ach so.« Flo legte den Riegel vor die Tür des Auslaufes. »Zwei. Vicki und Kicki. Aber nur Vicki haut immer ab.«

Flo hatte sich umgedreht. Sie stand jetzt so nah vor mir, dass ich im Dunkeln die Sommersprossen in ihrem Gesicht sehen konnte.

»Ich …« Flo fummelte an ihrem Zopf-Dutt-Dings auf ihrem Kopf. »Danke fürs Hühnerfangen«, sagte sie dann und ging rückwärts von mir weg auf die Terrassentür zu.

»Kein Problem.«

»Schätze, man sieht sich.« Flo hatte die Terrassentür erreicht. Ihr Kopf war jetzt ein dunkler Fleck mit etwas obendrauf, das wie ein zerrupftes Nest aussah.

»Man sieht sich«, sagte ich.

Am Gartentörchen schaute ich noch mal zurück. Flo stand immer noch in der Tür. Ich winkte ihr zu, aber sie drehte sich schnell um und verschwand im Haus.

»Huhn abgeliefert?«, fragte mein Vater, als ich aus dem Garten ins Wohnzimmer kam.

Ich nickte nur. Die Stelle, an der ich das Huhn an mich gedrückt hatte, war noch ganz warm.

Flo

JAN

⊖ ⊕

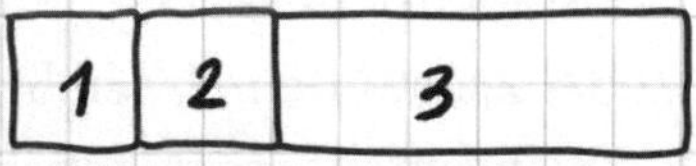

1 Locken
2 cooler Sprung von Badeinsel
3 Vicki auf seinem Arm

Jan

Als ich ins Klassenzimmer kam, sah ich sie sofort. Ganz vorn, erste Reihe, vorm Lehrerpult: Flo.

Und dahinter: der Blonde vom Badesee.

Und dahinter: mein Platz. Ein anderer war eh nicht mehr frei.

»Brauchst du?« Der Junge neben mir schob mir einen Zettel zu, auf den er den Stundenplan geschmiert hatte.

»Hab schon«, sagte ich und zeigte auf den Ausdruck, den ich im Sekretariat bekommen hatte.

»Du Glücklicher.« Er verdrehte die Augen. »Könnten sie echt mal an alle verteilen.«

Er stopfte den Stundenplan zurück in seinen Rucksack. »Ich bin übrigens Fabi.«

»Jan«, sagte ich und holte meinen Collegeblock und mein Mäppchen raus. Dann ging ich auf Tauchstation hinter dem Blonden.

Das war nicht besonders schwer. Am ersten Tag nach den Ferien werden ja eh nur Materiallisten ausgeteilt, komische Lernspielchen gemacht, Knobelaufgaben zum »Warmdenken« ausgeteilt und Urlaubsorte auf der Weltkarte markiert. Deshalb spielte ich mit Fabi ziemlich viel Vier gewinnt und schaute dabei auf Flos Pferdeschwanz. Aber Flo drehte sich nicht ein einziges Mal um. Noch nicht mal, als der Blonde ihr Papierkügelchen in die Haare schoss.

Als es zur Pause klingelte, fragte der mich dann auf einmal: »Spielst du Basketball?«, und ließ einen Ball auf seinem Zeigefinger kreisen.

Im Basketball war ich allerhöchstens mittelmäßig, und ich hatte nicht so richtig Bock, mich direkt am ersten Tag zu blamieren.

»Das ist übrigens Linus«, sagte Fabi, »und wir spielen nur Basketball, weil wir nicht mehr kicken dürfen. Irgendeine neue, sinnlose Schulhofregel.«

Linus war schon bei der Tür. »Kommt endlich, ihr Labersäcke, sonst ist der Platz weg.«

Wir sprinteten durch die Gänge auf den Schulhof. Natürlich war der Platz schon besetzt: Irgendwelche Kleinen versuchten, mit ihrem alten Cars-Plastikball den Korb zu treffen. Aber als sie Linus sahen, schob sich einer den Ball unters T-Shirt und sie rannten weg.

Am Anfang warfen wir abwechselnd Körbe, dann kamen noch ein paar aus der Klasse dazu, und wir spielten drei gegen drei. Alles ganz entspannt, bis ich eine hundertprozentige Chance vermasselte, weil ich Flo entdeckt hatte.

Sie lehnte an der Wand neben dem Mädchenklo und las in einem Buch. Und genau als ich meine Arme hob, um den Ball im Korb zu versenken, schaute sie zu mir rüber.

Der Ball donnerte an den Metallring.

»Was machst du?«, brüllte Linus.

»Weggerutscht.« Ich schielte zu Flo.

Linus klatschte mir mit der Hand in den Nacken. »Nichtskönner.«

»Selber«, sagte ich und schubste ihn weg.

Da baute sich Linus direkt vor mir auf, so nah, dass seine Brust fast meine berührte. Er war ein Stückchen größer als ich.

»Is was?«, sagte er.

»Was soll sein?« Ich machte einen Schritt zurück. Auf keinen Fall wollte ich an meinem ersten Tag irgendwelchen Stress.

Linus anscheinend schon. »Haste Schiss?« Er schloss die Lücke zwischen uns wieder.

Da zischte Fabi: »Mister Pi!«

Unter dem Korb am anderen Ende des Spielfelds stand ein Lehrer und blinzelte gegen die Sonne zu uns rüber.

»Dein Glück«, sagte Linus und rotzte neben mir auf den Boden. »Dein Glück.«

Es klingelte. Linus drehte sich um, marschierte direkt auf Flo zu und riss ihr das Buch aus der Hand. Dann sah er kurz rüber zu Mister Pi, aber der verschwand gerade Richtung Pausenhalle.

»Die waren mal zusammen«, sagte Fabi neben mir.

»Flo und Linus?!«

»Vor den Sommerferien. Klassenfahrt. Und danach noch maximal ’ne Woche.«

Ich schluckte. Irgendwie wollte ich alles darüber wissen. Und gleichzeitig am liebsten gar nichts. »Und dann?«

»Stress. Irgendwas mit irgendwelchen Fotos. Flo hat jedenfalls Schluss gemacht.«

Flo lehnte immer noch an der Wand neben dem Mädchenklo, die Arme vor der Brust verschränkt.

Linus stand vor ihr und hielt das Buch hoch über seinen Kopf.

»Hol dir dein Buch, kleine Flo.« Er wedelte mit dem Buch. »Hopp, Flo. Spring!«

»Ich bring dich um, wenn damit was passiert.« Sie presste die Lippen zusammen.

»Hol's dir doch!«

Flo schaute hoch zum Buch. Dann zu Fabi und mir. Dann stieß sie sich von der Wand ab. »Kannst es gerne behalten.« Das sagte sie ganz cool, aber ich konnte sehen, dass ihr Kinn zitterte, als sie sich an Linus vorbeidrängte. Sie stieg die ersten Stufen zur Pausenhalle hoch. Dann drehte sie sich noch einmal um. »Obwohl … kannst du überhaupt lesen?«

Sie sah Linus an. Aber ich war mir sicher, dass sie mich meinte. Plötzlich wurde mir total heiß.

»Zicke«, murmelte Linus.

Flo rannte die Treppe hoch.

»Fang!« Linus warf mir das Buch zu. Es sah ziemlich bunt aus und hatte seltsame Grafiken auf dem Cover. »Alltäglicher Wahnsinn in 99 witzigen Grafiken« stand vorne drauf.

»Mach schon!«, rief Fabi. »Wir sind echt spät!«

Ich schaute mich um. Der ganze Schulhof war leer. So lang hatte ich für die paar Wörter auf dem Buch gebraucht.

Mister Pi kam zum Glück auch zu spät. Der hieß eigentlich Pilcher und machte als Einziger richtigen Unterricht. Zwei Stunden Mathe.

Ich passte überhaupt nicht auf. Flos Buch hatte ich erst unter meinen Pulli, dann unter meinen Tisch geschoben. Da lag es jetzt und brannte von unten ein Loch in die Tischplatte.

Auf keinen Fall wollte ich Flo das Buch hier in der Klasse zurückgeben. Noch mehr Stress mit Linus brauchte ich definitiv nicht. Lieber später, am Fahrradständer. Oder, falls sie gar nicht mit dem Fahrrad fuhr, zu Hause. Schließlich konnte ich einfach klingeln.

»Jan!« Fabi stieß mich an. »Du!«

Mister Pi schaute mich erwartungsvoll an. Und nicht nur der. Alle schauten mich an. Sogar Flo hatte sich umgedreht.

Mein Gesicht glühte. Fabi fuchtelte mit seinem Finger über dem Mathebuch rum, um mir irgendwas zu zeigen. Da sagte zum Glück Mister Pi: »Okay. Schonfrist, Jan. Weil du neu bist. Ab der nächsten Stunde wird es ernst.«

Ich nickte. Mir war ein bisschen schlecht.

»Voll der Nichtskönner«, hörte ich Linus sagen.

»Klappe halten«, zischte jemand anderes. Ich denke, es war Flo. Aber als ich aufschaute, hatte sie sich schon wieder umgedreht und Linus bereitete die nächsten Papierkügelchen vor.

Nach der Schule wartete ich ewig am Fahrradständer. Erst kam Fabi.

»Musst du zum Orchester oder warum bist du noch da?«

»Hä? Orchester?«

»Orchester mit Mister Pi. Heute ist die erste Probe. Da kannst du ihn meist bis hier draußen brüllen hören.«

»Ach so. Da bin ich zum Glück nicht mit dabei.«

»Fahren wir zusammen?« Fabi zog sein Fahrrad aus dem Ständer. »Musst du auch in Richtung Wasserturm?«

»Glaub nicht.« Ich schaute an ihm vorbei zur Schultür. »Ich wohne in der Südstadt.«

»Nee, schade. Genau die andere Richtung.« Fabi radelte

los. Am Schultor drehte er sich noch mal um und rief: »Bis morgen!«

Dann kam Linus. »Was hast du denn für ein Oparad«, sagte er und stieß mit seinem Fuß gegen die Felge meines Hinterrades.

»Ist von meinem Vater.« Linus stand so, dass ich den Schuleingang nicht mehr sehen konnte.

»Hast du kein eigenes?« Er fummelte das Schloss an einem Mountainbike auf. Vollfederung. Marke.

»Geklaut.« Das stimmte wirklich. Irgendein Idiot hatte es am letzten Schultag direkt vom Schulhof mitgenommen. »Ach so.« Linus zog ab. Er drehte eine Runde auf dem Hof. Als er bei einer Gruppe Mädchen vorbeikam, riss er das Vorderrad hoch. Die Mädchen kicherten.

Flo kam nicht. Vielleicht spielte sie im Orchester. Kein Wunder, dass Mister Pi ausflippte.

Flo

Orchesterproben

Durchschnittliche Probe

1. Probe nach den Sommerferien

Jan

»Ich bin dann beim Training.« Schnell packte ich Flos Buch mit in die Schwimmtasche und kramte meine Flip-Flops aus dem Umzugskarton im Flur. Den Schuhschrank musste mein Vater erst noch aufbauen.

»Viel Spaß.« Meine Mutter trocknete sich die Hände am Geschirrtuch ab.

»Jaja.«

»Und wir wissen alle, was ›ja ja‹ heißt«, rief Nele aus dem Wohnzimmer.

»Hä?« Das war Tobi. »Was heißt denn ›jaja‹, Nele? Heißt das nicht … äh … ja?«

Schnell ging ich nach draußen und zog die Tür hinter mir zu.

Ich atmete einmal tief durch, dann ging ich rüber zu Flo und klingelte.

Flo riss die Tür auf. »Was willst du denn hier?«

»Ich, äh.«, Mist. Irgendwie hatte ich mir das anders vorgestellt. »Linus hat mir …« Weiter kam ich nicht.

»Lass mich raten: Er hat dich geschickt, damit du für ihn die Mathehausaufgaben bei mir abholst?«

»Mathehausaufgaben?« Ich kapierte irgendwie gar nichts. »Nein, ich …, warte …« Ich setzte meinen Rucksack ab und wühlte nach dem Buch.

»Verzieh dich einfach.« Mit einem Rumms schmiss Flo die Haustür zu, genau in dem Augenblick, in dem ich endlich das Buch zwischen den Handtüchern gefunden hatte.

Super gelaufen. Echt.

JAN

⊖ | ⊕

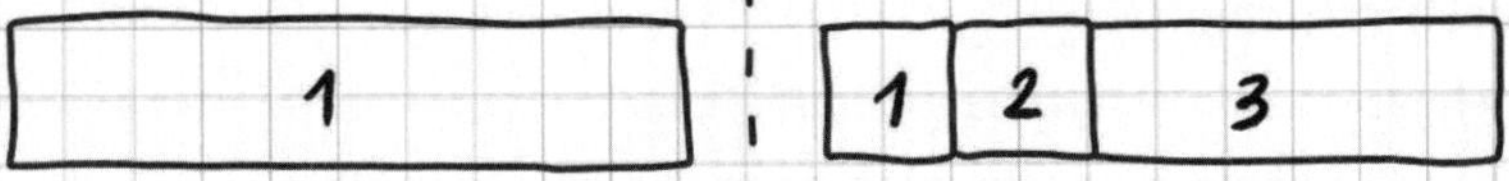

1 Macht mit Linus gemeinsame Sache.

1 Locken
2 cooler Sprung von Badeinsel
3 Vicki auf seinem Arm

Jan

Eigentlich hätte es mir direkt am Badesee auffallen müssen, dass Linus Schwimmer war. Das breite Kreuz. Die langen Arme. Wie er von der Badeinsel gesprungen war, später, als ich mit Tobi auf der Decke gesessen und Halligalli gespielt hatte.

Aber ich war abgelenkt gewesen. Von Tobi. Den bescheuerten handgeschriebenen Tafeln. Und von Flo.

Linus war, wie ich, früher zum Training gekommen. Vielleicht für ein paar Extrameter nach der Sommerpause. Er stand bei einem Typen mit Badelatschen und Klemmbrett.

Meine Schlappen klatschten laut auf den feuchten Fliesen, als ich auf die beiden zulief.

»Du bist also Jan, ja?« Der Typ klackerte mit der Klammer des Klemmbrettes.

Ich nickte.

»Bist ja von deinem Trainer groß angekündigt worden.« Er musterte mich von oben bis unten. »Aber hier fängt jeder bei null an. Die schönste Zeit aus der letzten Saison ist eben nur die schönste Zeit aus der letzten Saison.« Er klackerte wieder mit der Klammer. »Du musst liefern, verstehst du?«

»Klar.«

Linus fing an, seine Arme zu dehnen und zu lockern. Er stand so nah bei mir, dass beim Armkreisen seine Hände nur Zentimeter an meinem Gesicht vorbeiflogen.

»Was ist deine Hauptschwimmart?« Der Trainer zog den Kuli vom Klemmbrett.

»Rücken.«

»Wie Linus also. Bestzeit letzte Saison?«

Fast hätte ich 1:02:22 gesagt. Aber dann schlug ich noch ein bisschen was drauf, weil ich den ganzen Sommer nicht trainiert hatte. Und auch sonst war das besser.

»1:09:41.«

Linus hörte schlagartig auf, seine Arme zu dehnen.

Der Trainer klopfte mit dem Kuli auf sein Brett. »Okay«, sagte er. »Du wärmst dich auf und dann schwimmst du gegen Linus.«

Linus war wirklich gut. Nach der ersten Bahn war er ein, zwei Züge vor mir an der Wende. Aber meine Stärke ist die zweite Bahn. Die Deckenlichter flitzten vorbei. Auf der letzten halben Bahn zog ich durch. Ich hörte den Trainer vom Rand brüllen. Mit jedem Schlag schob ich mich ein bisschen mehr an Linus vorbei. An der Wimpelkette war er deutlich zurück. Ein letzter, kräftiger Zug, ich schlug an, tauchte direkt unter und zog meine Brille ab. Als ich wieder hochkam, sah ich, dass ein paar Jungs an meiner Bahnleine hingen. Anscheinend hatte das offizielle Training begonnen.

»Wow«, sagte einer. Er trug eine schwarze Badekappe mit einem grinsenden Hai darauf. Als er seine Schwimmbrille absetzte, erkannte ich Fabi. »Du bist echt der Erste, der …«

»Halt die Klappe, Fabi.« Linus hievte sich aus dem Wasser und setzte sich auf den Startblock.

»1:09 ja?« Der Trainer stand über mir am Beckenrand.

Ich fummelte an meiner Brille. 1:09 war eigentlich eine superschlechte Zeit für mich. Langsamer war ich im letzten

Jahr nur nach einer Magen-Darm-Grippe gewesen. Aber die Sache war die: Keine Ahnung, wann ich das letzte Mal drei Wochen am Stück nicht trainiert hatte. Seit ich wusste, dass wir umzogen, hatte ich es schleifen lassen. Ich war noch nicht mal im Sommer-Trainingslager gewesen.

»Na ja«, sagte ich deshalb und zog meine Brille wieder über meine Badekappe. »Ich konnte halt nicht trainieren, wegen Umzug und so.«

»Du warst vier Sekunden schneller. Vier Se-kun-den.« Er trommelte jede Silbe mit dem Kuli auf das Brett.

1:05? Das war okay. Vor allem ohne Training.

»Da sag ich mal: Herzlich willkommen im Schwimmklub Süd. Ich heiße Rüdiger.« Er grinste. Irgendwie fand ich es besser, wenn er genervt guckte. Die Jungs, die immer noch an der Leine hingen, applaudierten. Sie sahen dabei aus wie Seerobben, die mit ihren Flossen wedelten.

Hinter uns klatschte Linus vom Startblock und fing seine Kraulbahnen an.

»Die Show ist aus, Mädels. Weiter geht's!« Rüdiger wedelte mit seinem Brett. Einer nach dem anderen ließ die Leine los und schwamm die Bahn runter.

Ich drückte meine Brille wieder auf die Augen.

»Weißt du«, Fabi hing immer noch am Seil. Durch die Tropfen auf meiner Brille schien sich der Hai auf seiner Kappe zu bewegen. »Bis jetzt war Linus immer der Beste. Bei Rücken.« Er tauchte unter, kam direkt neben mir wieder hoch und lächelte ein bisschen. »Aber das hat sich ja jetzt wohl geändert, was?«

Dann kraulte er los. Als Einziger auf meiner Bahn.

Nach dem Training ließ ich mir Zeit. Beim Ausschwimmen. Beim Duschen.

Es war klar, dass Linus sauer war. Sah man schon daran, wie er sich die ganze Zeit auf der Bahn neben mir durchs Wasser gepflügt hatte: viel Kraft, wenig Technik. Als ich nach dem Duschen in die Umkleide kam, waren alle schon weg. Nur Fabi saß noch auf der Bank vor den Spinden, seine offene Schwimmtasche neben sich, einen Badelatschen in der Hand.

»Du bist viel zu gut für unseren Verein«, sagte er und steckte seine Latsche in seine Tasche.

»Hm.« Ich zerrte mir die Unterhose über die feuchten Beine.

»Du musst zum SSV oder zum ASC. Das sind die richtig Großen. Mit Frühtrainingszeiten. Schicken Leute zur Deutschen Meisterschaft und so.«

Fabi stand auf und warf seine Tasche über die Schulter.

»Vielleicht …«

Jemand riss die Tür auf. Linus steckte seinen Kopf in die Umkleide. »Fabi, ich schwör, wenn du jetzt nicht kommst, fahr ich!«

»Ich komm schon.« Fabi ging zur Tür.

»Bis morgen«, sagte er zu mir.

»Tschüss, du Nichtskönner«, rief Linus und schmiss die Tür krachend ins Schloss.

Als ich aus der Schwimmhalle kam, flirrte die heiße Luft über dem Asphalt. Schon auf dem kurzen Weg zu meinem Fahrrad lief mir der Schweiß den Rücken runter.

Ich hängte meinen Helm an den Lenker und fummelte mein Schloss auf. Es war irgendwie im Schutzblech verklemmt. Vielleicht hatte jemand mein Fahrrad kurz zur Seite geschoben, um besser an sein eigenes ranzukommen. Als ich mein Hinterrad hochhob, um es ein bisschen zu drehen und so das Schloss unter dem Schutzblech rauszuschieben, sah ich es: Mein Hinterrad war platt. Mein Vorderrad auch. Und zwar so richtig platt. Beide Ventile fehlten.

Schon klar, wer das war.

Von der Schwimmhalle nach Hause brauchte ich zu Fuß eine Dreiviertelstunde. Meine Beine brannten vom Training und mein T-Shirt war am Rücken klatschnass, auf der Nase bekam ich einen Sonnenbrand.

Ich stellte das Fahrrad vor unsere Haustür und ging direkt weiter zu Flo. Ganz bestimmt würde ich nicht wieder klingeln. Flo hatte ja eh keinen Bock, mir zuzuhören.

Ich wühlte in meinem Rucksack.

Das Buch lag ganz unten. Und es war völlig durchweicht.

Ich stopfte es wieder zurück in den Rucksack. Musste Flo eben noch ein bisschen länger darauf warten.

Pech für sie.

»Wie war's beim Training?« Meine Mutter saß auf der Terrasse unter unserem winzigen, alten Sonnenschirm und las. Tobi spielte im Planschbecken.

»Wie soll's schon gewesen sein?« Ich ging zum Gartenschlauch und knickte ihn ab. Sofort hörte das Wasser auf, aus dem Froschmaul ins Planschbecken zu rieseln.

»Ist der Trainer nett?«

»Ist doch egal.«

»Wieso ist das egal?«

»Weißt du doch.«

Meine Mutter stöhnte. »Darüber haben wir doch schon x-mal geredet.«

»Wir haben nicht geredet. Du hast einfach Nein gesagt. Wie letzten Sommer.«

Vor einem Jahr sollte ich eigentlich in die Leistungsgruppe wechseln. Mein Trainer war sogar bei uns zu Hause gewesen, um mit meiner Mutter zu reden.

»Weil es eben einfach nicht geht. Du kannst nicht vier- oder fünfmal in der Woche zum Training. Du hast andere Baustellen, Jan. Wichtigere.«

»Das sagst du. Ich finde das nicht. Und Papa auch nicht.«

Mein Vater war für die Leistungsgruppe gewesen. Aber am Ende hatte doch meine Mutter bestimmt. Genau wie jetzt, bei meinem neuen Verein.

Tobi hatte bemerkt, dass kein Wasser mehr aus dem Froschmaul rieselte. »Mama, da kommt nichts mehr!«, rief er und beugte sich über die Düse.

Meine Mutter stand auf, ging rüber zum Planschbecken und ruckelte am Schlauch.

»Komisch«, murmelte sie, »das Wasser ist doch eigentlich aufgedreht.« Sie schob Tobi zur Seite, stieg ins Planschbecken und beugte sich selbst über das Froschmaul.

»Janni! Was machst du da?« Tobi hatte mich entdeckt. Schnell legte ich einen Finger auf den Mund und zwinkerte ihm zu. Er presste die Lippen zusammen und wurde ganz rot im Gesicht bei dem Versuch, nicht zu lachen.

»Noch mal zu deinem Schwimmtraining«, fing meine Mutter wieder an und richtete sich auf. »Du weißt genau, dass …«

Aber da ließ ich den Schlauch los. Der Wasserstrahl erwischte sie genau am Po. Sie schrie auf und sprang aus dem Planschbecken.

»Volltreffer, Janni!«, jubelte Tobi und ließ sich ins Wasser plumpsen.

»Ich glaub, du tickst nicht ganz richtig!« Meine Mutter drückte das Wasser aus den Hosenbeinen ihrer Shorts. »Mich hier einfach – also echt!«

Dann musste sie doch lachen. Und ihren Vortrag über das Schwimmtraining hatte sie zum Glück vergessen. Den kannte ich nämlich schon auswendig.

Flo

Pausen

Schulhof

Bibliothek

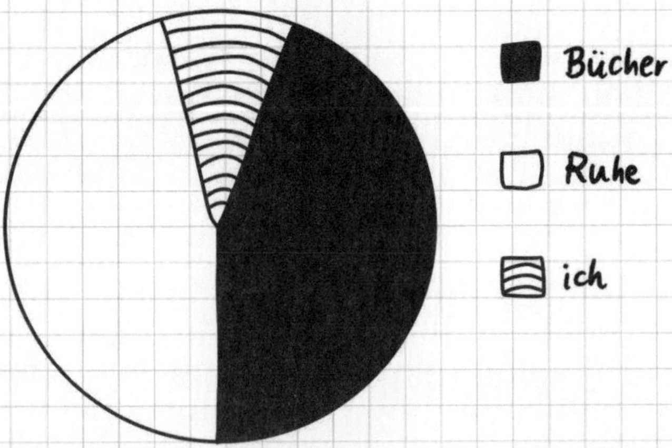

Jan

Als ich am nächsten Morgen an der Schule ankam, war Flo schon da.

Sie stand am Fahrradständer. Und direkt vor ihr: Linus. Er hatte ihr Vorderrad zwischen seinen Knien eingeklemmt und seine Hände an ihrem Lenker.

Als er mich kommen sah, ließ er los und schlenderte zu mir, die Hände in den Hosentaschen. Flo rammte ihr Rad in den Fahrradständer, schloss es ab und ging, ohne uns weiter zu beachten, zum Eingang.

»Heute mal ein Omarad«, sagte er. Ich musste mit dem Hollandrad meiner Mutter fahren. Das meines Vaters war schließlich platt, und das wusste Linus ganz genau.

Ich antwortete nicht und zog mein Schloss durch die Speichen.

»Ich glaub, das gehört dir.« Linus ließ etwas in seiner Hand klimpern. Ich zog den Schlüssel ab und richtete mich auf. In Linus' Hand lagen meine beiden Ventile.

»Bist cooler drauf, als ich dachte. Also …« Er hielt mir die Ventile hin, aber gerade als ich danach greifen wollte, zog er die Hand weg und stopfte sie mir in die Brusttasche meines T-Shirts. Dann ging er Richtung Eingang, blieb aber auf halber Strecke stehen.

»Was ist? Kommst du?«, rief er.

Wir gingen nebeneinander die Treppen hoch. Die Ventile klimperten bei jedem Schritt in meiner Brusttasche. Das machte mir irgendwie Mut.

»Was war eigentlich gerade mit Flo?«, fragte ich deshalb.

»Flo ist ein Genie in Mathe.« Er stieß im Vorbeigehen einem Fünftklässler die Baseballkappe vom Kopf. »So richtig nerdig, weißt du. Wie Einstein oder so.«

»Einstein?« War Einstein nicht Physiker?

»Auf jeden Fall kann ich ein bisschen Mathe-Genialität gebrauchen. Mein Vater macht tierisch Stress. Deshalb hab ich ihr einen Deal vorgeschlagen.«

Flo hatte vorhin ziemlich wütend ausgesehen, als sie an uns vorbei in die Schule gerauscht war. Und gestern an der Haustür ging es wohl auch genau darum.

»Dein Deal kommt wohl nicht so gut an, oder?«

»Alles Verhandlungssache«, sagte Linus cool und blieb in der Klassenzimmertür stehen. Er klopfte mir ein paarmal auf die Schulter, beugte sich vor und flüsterte mir zu: »Also immer schön Flos Buch behalten.«

Dann marschierte er in die Klasse.

Ich starrte den ganzen Unterricht über auf Flos rote Haare, ihren geraden Rücken, ihre sommersprossigen Arme und grübelte über Linus' Bemerkung nach. Aber so richtig Sinn machte sie irgendwie nicht. In der Pause hockte ich mit Fabi auf der Treppe neben den Mädchenklos. Wir quatschten über Computerspiele und Schwimmen. Oder eher so: Fabi quatschte über Computerspiele und Schwimmen, und ich sagte »Echt?« oder »Super!«. Denn eigentlich hörte ich gar nicht zu. Ich suchte Flo. Von der Treppe aus hatte ich einen guten Überblick über den Schulhof. Doch Flo war verschwunden. Sie stand nicht bei den Bänken, wo jede Menge Mädchen rumhingen, nicht bei den Tischtennisplatten und auch nicht am Schultor, wo die Großen rauchten.

Plötzlich erwischte mich was am Hinterkopf. Ich drehte mich um, aber da wieherte auch schon Fabi neben mir los.

»Spinnst du?« Ich boxte ihn in die Seite. »Was gibst du mir einfach ’ne Kopfnuss!«

»Du träumst, Mann.«

»Ich träum nicht.«

»Nee, gar nicht.«

»Ich such wen.«

»Und wen?«

»Ist eh nicht da.«

»Wer ist nicht da?«

»Flo.«

»Oha.« Fabi grinste. »Florentine Feldkamp.«

Ich boxte ihn wieder. »Ich hab noch was von ihr. Deshalb.«

»Sie hat dir was geliehen?« Fabi legte seinen Arm um meine Schultern und säuselte: »Sie liebt dich.«

Ich stieß ihn weg. »Hör auf mit dem Scheiß.«

»Das ist kein Scheiß. Sie ist total pingelig mit ihrem Kram.«

»Jetzt echt?«

»Ja. Echt. In der Klasse fragt schon gar niemand mehr nach irgendwas. Und bei Büchern und Mathe-Hausis ist es besonders schlimm.«

»Oh Mist.« Ich dachte an das total durchweichte Buch. Mir wurde echt ein bisschen komisch im Bauch.

»Kommst du denn jetzt eigentlich heute mit zum Badesee?«

»Badesee?«

»Boah, Jan. Hab ich dich grad schon gefragt.«

»Weiß nicht.« Ich hatte nachmittags Therapie. Außerdem hatte ich keinen Bock auf Linus. »Wer kommt noch?«

»Keine Ahnung. Ein paar sind immer da.«

»Mal sehen.«

»Ich fänd's cool.« Es klingelte. Fabi stand auf. Im Vorbeigehen verpasste er mir noch eine Kopfnuss. Aber nur eine kleine.

Auf dem Weg nach Hause radelte Flo dann plötzlich ein paar Meter vor mir. Ich atmete tief durch. Dann gab ich Gas und quetschte mich auf dem Fahrradweg neben sie.

»Hey«, sagte ich und guckte kurz rüber. Flo schaute weiter geradeaus und zog das Tempo an.

»Hör mal«, versuchte ich es noch mal.

Flos Schaltung klackerte, als sie einen höheren Gang einlegte.

»Ich wollte gestern eigentlich nur …«

Flo bremste so plötzlich, dass ich noch ein paar Meter fuhr, bis ich auch eine Vollbremsung hinlegte.

»Was ist?« Kaum fiel der Fahrtwind weg, lief mir der Schweiß nur so runter.

»Lass mich in Ruhe! *Das ist.*«

»Aber.«

»Linus ist ja dein bester Freund. Quatsch den doch zu.«

»Linus?«

»Ja, Linus. Nur weil wir zufällig nebeneinander wohnen, musst du nach der Schule nicht nett zu mir sein.«

Sie setzte sich wieder auf ihr Rad und fuhr los.

»Warte doch mal!« Machte sie nicht. Sie rauschte an mir vorbei.

»Linus ist nicht mein Freund!«, rief ich, aber ich denke nicht, dass sie es gehört hatte.

Flos Buch war wieder trocken. Aber es sah schlimm aus. Total wellig, und der Einband löste sich an den Rändern irgendwie auf. Vielleicht konnte ich es einfach neu kaufen? Ich blätterte. Kaum Text. Viele Bilder.

Nele las immer irgendwelche dicken Wälzer. Sachen mit Vampiren und Liebe oder, besser noch, mit beidem. Und ohne Bilder.

Das hier war anders. Ich schlug irgendeine Seite auf.

Las die Überschrift. Das waren nur ein paar Wörter.

Dann schaute ich mir die Grafik an.

Wann mein Handyakku leer ist

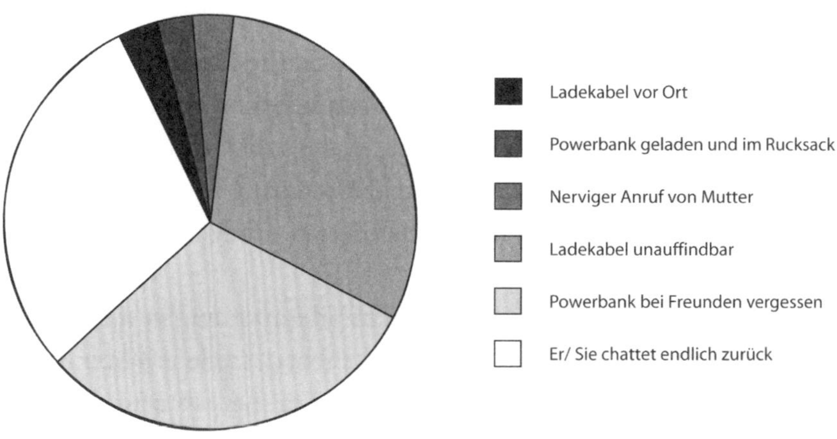

»Du liest?« Nele stand plötzlich hinter mir.

»Sind mehr Bilder«, sagte ich, schlug schnell das Buch zu und wollte es unter den Stapel Schulbücher auf meinem Schreibtisch schieben. Aber Nele war schneller. Sie riss mir das Buch aus der Hand, schaute kurz auf den Einband und blätterte dann schnell von hinten nach vorn durch. Bei der ersten Seite hielt sie an.

»Ach nee, ne?« Sie drückte das Buch an ihre Brust und seufzte voll übertrieben: »Es ist von der fantastischen Flo!«

»Gib her!«

»Sie hat das Buch von ihrer Mutter bekommen. Statt irgendeines Urlaubs.« Nele warf es auf den Schreibtisch. »Ich würde mal sagen, die Mutter hat ziemlich verkackt, wenn sie den Urlaub platzen lässt und Flo dafür nur ein Buch schenkt.«

»Echt?«

»Steht auf der ersten Seite. Wer liest, ist im Vorteil.«

Ich öffnete das Buch. Tatsächlich hatte jemand auf die erste Seite etwas geschrieben. Damit fiel Neukaufen schon mal weg.

Die Schrift war noch schlimmer als die an der Badesee-Bude. Aber »Mama« konnte ich schon lesen. Und »Florentine«. Und natürlich das Datum. Ganz so behindert war ich jetzt auch nicht.

»Hast du sie schon nach einem Date gefragt?«

»Halt die Klappe!«

Ich stopfte das Buch zu meinem Therapiezeug in die Umhängetasche. Auf keinen Fall wollte ich, dass Nele weiter daran rumfingerte.

»Gib Gas, Jan«, sagte meine Mutter, als ich die Treppe runterkam. »Deine Therapie fängt gleich an. Hast du deinen Ordner dabei?«

»Nee, weißt du? Ich habe die Tasche nur aus Spaß dabei.« Ich setzte mir den Fahrradhelm auf.

»Schlechte Laune?«

»Nee«, motzte ich und riss meinen Schlüssel vom Haken. »Ihr nervt nur. Alle.«

Das erste Mal war ich vor unserem Umzug bei der neuen Therapeutin gewesen.

Meine Eltern streiten sich ja selten, also jedenfalls schreien sie sich so gut wie nie an, aber an diesem Morgen gab es einen Riesenstreit.

»Der Termin steht seit zwei Monaten. Seit zwei Monaten! Und jetzt kannst du nicht?« Meine Mutter schrie so laut, dass ich es bis ins Bad hören konnte.

»Es tut mir leid, okay? Ich hab's einfach übersehen.«

»Sie hat gesagt, es ist wichtig. Für Jan. Damit sie mit ihm arbeiten kann.«

»Wenn sie mit Jan arbeiten will, braucht sie Jan. Nicht mich. Oder will die mich gleich mit therapieren?« Mein Vater stand jetzt im Flur. Die Bügel an der Garderobe klapperten.

»Außerdem bringt der Therapiekram doch eh nichts. Merkst du das nicht?«

»Er hat große Fortschritte gemacht.«

»Große Fortschritte? Jemand wie Jan macht keine großen Fortschritte.«

»Warum sagst du so was? Das ist so …«

»Weil es stimmt. Schau mich an.«

Meine Mutter antwortete nicht, und die Tür fiel mit einem lauten Rumms ins Schloss.

Als ich in die Küche runterkam, saß meine Mutter am Küchentisch, den Kopf in beide Hände gestützt.

»Nur, damit du es weißt«, sagte ich zu ihr, »ich geh nicht mit zu der bescheuerten Therapeutin.«

»Was soll das denn jetzt? Wir haben doch gesagt, wir versuchen es noch mal.«

»Nein. Du hast gesagt: Wenn ich es ohne Ausgleich an der neuen Schule versuchen will, dann muss ich nicht weiter in Therapie.« Ich stopfte meine Brotdose in den Schulrucksack.

»Du warst einverstanden.«

»Du hast mich erpresst.«

Ich schmiss die Tür mindestens so laut zu wie mein Vater.

Natürlich sind wir nachmittags trotzdem zusammen zur neuen Therapeutin gefahren. Also meine Mutter und ich. Auf keinen Fall wollte ich, dass an der neuen Schule jemand davon erfuhr, dass ich LRS hatte. Auch die Lehrer nicht.

»Schade, dass Papa keine Zeit hat«, sagte meine Mutter auf der Hinfahrt und fummelte am Radio rum.

»Hm.« Ich musste an das denken, was mein Vater heute Morgen gesagt hatte.

Meine Mutter drehte irgendeinen Uraltsong lauter. »Hoffentlich geht es auch so. Ich hab keine Lust, zwei Stunden umsonst durch die Gegend zu gurken.«

»Hat Papa früher eigentlich auch mal eine Therapie gemacht?«

Bei dem Uraltsong krächzte der Sänger los. Meine Mutter stand auf so was. Schrammelnde, wummernde Gitarren, jammernde Sänger. Früher hat sie angeblich darauf sogar getanzt.

Gerade, als der Sänger so was wie einen Refrain nuschelte, machte meine Mutter das Radio aus.

»Ich weiß nicht genau«, sagte sie. »Ich glaub, er hat sich hauptsächlich irgendwie durchgewurschtelt.«

»Und Oma?«

»Was ist mit Oma?«

»Na ja, hat die nicht gemerkt, dass irgendwie was nicht stimmte?«

»Oma hat gedacht, er ist einfach nur stinkefaul.«

»Und du? Ich meine, hast du gewusst, dass er, du weißt schon.«

»Nicht lesen kann? Am Anfang nicht. Und als er es mir endlich gesagt hat, war es mir so was von egal. Da war ich schon total verliebt.«

Schnell machte ich das Radio wieder an. Auf keinen Fall wollte ich noch mal die Story hören, wie mein Vater meiner Mutter auf einem Festival im Regen und Matsch das Zelt aufgebaut hatte – und alles, was danach kam.

Sich seine Eltern beim Knutschen vorzustellen ist einfach nur eklig.

Die neue Therapeutin hieß Frau Papendick und servierte meine Mutter direkt ab.

»Sie bleiben einfach da sitzen«, sagte sie im Flur zu ihr, »wir machen das alleine.«

Sie schob mich in das Therapiezimmer und schloss die Tür.

Dann saßen wir uns am Tisch gegenüber. Die Papendick hatte eine Brille, die ihr riesige Augen machte. Mit denen schaute sie mich jetzt an.

»Du bist eigentlich zu alt für eine Therapie«, sagte sie und fing an, in meinem Ordner zu blättern. Da war alles drin: Tests, Entwicklungsberichte, Arbeitsblätter von der letzten Therapie.

»Wie, zu alt?« Der ganze Stress, und jetzt sagte diese Eule mir so was?

»Wie alt bist du jetzt? Zwölf? Dreizehn?«

»Dreizehneinhalb.«

Die Papendick klappte den Ordner zu.

»Und wie viele Jahre bist du schon in Therapie? Sechs Jahre? Sieben?« Sie lehnte sich mit ihrem Stuhl nach hinten und angelte einen Stapel Karten vom Regal. »Irgendwann macht die Therapie keinen Sinn mehr.«

Sie teilte die Karten in zwei Stöße und begann, sie zu mischen. Ziemlich profimäßig. Wie beim Poker. »Jedenfalls nicht so, wie deine Mutter denkt. Und vielleicht auch dein Vater.«

»Mein Vater sagt das auch.«

»Was genau?«

»Dass die Therapie sinnlos ist. Dass ich eh keine Fortschritte mache.« Meine Stimme war ganz zittrig. Auf keinen Fall wollte ich hier losheulen.

Die Papendick nickte und legte zwei Karten auf den Tisch. »Merk dir die.«

Karo sieben. Herz acht.

»Hast du?«

Ich nickte.

Sie fächerte die Karten auf. »Dann steck sie jetzt irgendwo hier dazwischen.«

Und obwohl ich nicht wirklich kapierte, was das jetzt sollte, schob ich die zwei Karten in den Fächer zurück.

Die Papendick schob die Karten wieder zu einem Stapel zusammen. »Versteh mich nicht falsch. Üben musst du. Ohne Training wird jeder schlechter.« Sie klopfte mit dem Kartenstapel auf den Tisch. »Aber ich werde dir nicht beibringen können, perfekt zu lesen. Oder wenigstens so, dass du ohne Probleme in der Schule mitkommst. Fürs Schreiben gilt das Gleiche.«

Ich zog mit dem Daumennagel eine Rille in der Tischplatte nach und hatte das Gefühl, ganz tief zu tauchen. Es drückte von allen Seiten. Auf meine Ohren, meinen Kopf, meine Brust.

»Das ist hart, ich weiß. Vielleicht hat dir das keiner der Quacksalber vor mir so deutlich gesagt.«

Ich schluckte. In meinen Ohren knackte es.

»Aber eigentlich hast du es gewusst, oder? Deine Mutter hat gesagt, dass sie dich ein bisschen überreden musste.«

Ich schluckte noch einmal. »Und warum sitze ich dann überhaupt hier? Nur damit Sie mir sagen können, dass ich schlecht bin und schlecht bleibe?«

Anstatt zu antworten, schleuderte sie mit einer kurzen,

schnellen Handbewegung den Stapel Karten von sich. Die Karten rutschten über den Tisch, ein paar schossen quer durch den Raum, eine schlidderte unter das Regal.

Ich schaute wieder zur Papendick. Sie hatte nicht alle Karten weggeworfen. Zwei hielt sie noch in der Hand.

»Ich finde«, sagte sie und ihre Augen wurden hinter der Brille noch ein bisschen größer, »du brauchst dringend ein paar Tricks.«

Dann drehte sie die zwei Karten um.

Wow.

Von unserem neuen Haus brauchte ich mit dem Fahrrad nur eine Viertelstunde zur Papendick. Als sie die Tür öffnete, hatte sie einen Kittel voller Farbkleckse an.

»Und, wie läuft's?«, fragte sie und wischte sich die Finger an dem Kittel ab. Das letzte Mal war ich so damit beschäftigt gewesen, nicht zu heulen, dass ich den ganzen Malkram im Therapiezimmer übersehen hatte. Die Staffelei vor dem Fenster, die Farbtuben und Pinsel auf dem Fensterbrett und die vielen Leinwände. Die meisten waren einfarbig bemalt. Ohne Tiere oder Pflanzen oder so.

»Ganz gut«, sagte ich.

»Noch nicht aufgeflogen?« Sie zog sich den Kittel aus und warf ihn über den Hocker neben der Staffelei.

»Aufgeflogen?« Ich setzte mich wie letztes Mal an den Tisch.

»In der Schule, Jan.« Sie ließ sich mir gegenüber auf den Stuhl fallen.

»Nein, also … nein.«

Die Papendick schüttelte den Kopf. »Das geht schief, Jan. Irgendwann geht das schief.«

Ich drückte meinen Daumennagel in die Tischrille, bis es schmerzte.

»Na ja, egal.« Die Papendick zeigte auf ihre einfarbigen Bilder. »Was hältst du davon?«

»Weiß nicht.«

»Gefallen sie dir?«

»Schon.«

»Komm schon. Sei ehrlich.«

»Also, ich würd sie mir nicht aufhängen.«

Die Papendick grinste. Auf einem ihrer Brillengläser hatte sie einen Farbklecks.

»Stell dir vor, es gibt Leute, die hängen das auf. Und …« Sie lehnte sich zu mir über den Tisch, »sie bezahlen sogar Geld dafür. Alles eine Frage der Wahrnehmung.«

Sie kramte in den Ablagen auf ihrem Schreibtisch herum und zog zwei Kreise aus Papier hervor. Auf den einen schrieb sie groß »Jan«. Auf den anderen »LRS«.

»Den hier«, sie drehte den LRS-Kreis um, »vergessen wir erst mal. Und auf den hier«, sie schob mir den Jan-Kreis und einen Stift hin, »schreibst du alles, worin du gut bist.«

»Ich denke, Sie zeigen mir Tricks. Wie ich zurechtkomme und so.«

»Genau. Das hier ist der erste.«

Ich stöhnte. »Muss ich hinterher die Fehler finden und verbessern? Ist das der Trick?«

Die Papendick runzelte die Augenbrauen. »Das wäre ein

bisschen billig, oder? Fast so, als würde ich einfarbige Bilder als Kunst verkaufen.«

Und dann fing sie an zu lachen. Sie war definitiv die duchgeknallteste Therapeutin, die ich je hatte.

Als ich von der Papendick nach Hause kam, saß mein Vater im Flur und baute den Schuhschrank auf. Oder besser: Er versuchte, den Schuhschrank aufzubauen. Mein Vater ist genial bei Dingen, die mit Strom zu tun haben. Wirklich. Alte Plattenspieler reparieren, Boxen selber bauen, Kabel verlegen – kein Problem. Aber bei allem anderen kommt es immer zu irgendwelchen Katastrophen.

Der Schuhschrank sah merkwürdig aus.

»Etwas stimmt mit den Regalböden nicht«, murmelte mein Vater und rüttelte an dem Schrank.

Ich stellte meine Tasche auf der Treppe ab. »Vielleicht solltest du einfach mal die hier lesen.«

Ich holte das Anleitungsheft aus einem der aufgerissenen Kartons und hielt sie meinem Vater direkt vor die Nase.

»Quatsch!« Mein Vater bückte sich nach dem Akku-Schrauber. »Das geht auch so.«

»Sieht man.«

»Hast du nichts anderes zu tun, als hier rumzustehen und alles besser zu wissen? Musst du nicht heute zu deiner Therapie-Tante?«

»Da war ich gerade.«

»Aha.« Mein Vater fing an, die Schrauben wieder aus dem Schrank rauszudrehen.

»Und?«

»Ich glaub, sie ist ein bisschen abgedreht.«

»Ist das gut oder schlecht? Halt mal da drüben.« Er zeigte auf das Seitenteil.

»Gut.«

Mein Vater löste die letzte Schraube. Ich nahm das Brett ab und legte es auf den Boden. Dann sagte ich: »Sie bringt mir Tricks bei.«

»Tricks? Was für Tricks? Ich denke, die bringt dir Lesen bei.«

»Du hast doch selbst gesagt, dass das nichts nützt.«

Mein Vater ließ den Akku-Schrauber sinken.

»Du hast mich gehört?«

»Du hast voll rumgebrüllt.«

»Jan, das tut mir leid.«

»Die Papendick sagt das übrigens auch.«

»Und du findest sie gut?«

»Genau.« Ich blätterte in der Anleitung. Es waren nur Bilder. »Sie bringt mir bei, wie ich zurechtkomme. In der Schule und so.«

Mein Vater brummte und drehte die nächsten Schrauben raus.

»Die Seitenteile müssen andersrum dran.« Ich zeigte auf das Bild in der Anleitung.

»Ach nee.«

»Anleitung, Papa!«

»Geht auch so.«

»Sieht man.«

Jan

Obwohl es schon fast sechs Uhr war, radelte ich noch zum Badesee. Fabi hatte mir schon vier Wo-bleibst-du-wann-kommst-du?-Nachrichten geschickt.

»Endlich«, sagte er, als ich meinen Rucksack neben ihm auf die Wiese plumpsen ließ. »Ich dachte schon, du lässt mich mit den Mädels allein.«

»Welche Mädels?« Ich schaute mich um. Da war niemand, der mir irgendwie bekannt vorkam.

»Sind alle auf der Badeinsel. Und dahinten«, er zeigte auf eine blaue Strandmuschel, »hockt Flo mit ihrer Cousine drin.«

»Patti?«

»Du kennst Flos Cousine? Das ging aber schnell.« Fabi fächelte sich übertrieben mit den Händen Luft zu.

»Nerv nicht.« Ich zog mein T-Shirt aus. »Linus auch da?«

»Der darf nur noch zum Schwimmtraining raus.« Fabi stand auf und warf seine Sonnenbrille auf seine Tasche.

»Hä?«

»Sein Vater macht Stress. Wenn es dieses Jahr in der Schule nicht besser läuft, muss er ins Internat.«

»Echt?« Kein Wunder, dass er einen Mathe-Deal mit Flo wollte.

»Echt.« Fabi zog eine Wasser-Pumpgun unter seinem Handtuch hervor. »Bisschen ruhig da drüben.« Er nickte zu der blauen Strandmuschel. »Sollen wir die Brainies mal aufmischen?«

»Brainies?«, fragte ich, aber Fabi ging einfach los.

Als wir um die Strandmuschel herumschlichen, war klar, was Fabi gemeint hatte. Flo und Patti saßen nebeneinander auf einer Picknickdecke, Flo hatte einen Taschenrechner auf den Knien und Patti kritzelte gerade etwas auf einen Block.

»Macht ihr Mathe?«, fragte ich entgeistert.

Patti verdrehte die Augen. »Nein, weißt du. Wir werten unser Liebeshoroskop aus.«

Flo tippte weiter auf ihrem Taschenrechner rum.

Fabi hob ein Blatt auf. »Hier«, er hielt es mir hin, »Textaufgaben. Hab's vorhin auch mal versucht.«

Ich schaffte es, den ersten Satz zu lesen, es war tatsächlich was mit Hühnern.

»Und?«, fragte Fabi. Wahrscheinlich erwartete er jetzt eine Lösung. So lange, wie ich auf das Blatt gestarrt hatte.

Ich zuckte mit den Schultern. »Immerhin ist die Aufgabe mit Hühnern.«

»Hurra«, sagte Flo, ohne aufzuschauen.

»Hab gehört, du bist ein richtiger Hühnerflüsterer«, sagte Patti.

Fabi lachte: »Hühnerflüsterer? Was ist das denn?«

»Vergiss es«, sagte ich und legte den Aufgabenzettel weg. »Kommt ihr mit schwimmen?«

»Keine Sorge, sie kommen mit.« Fabian zog die Pumpgun hinter seinem Rücken hervor. »Die Macht ist mit mir!«

»Du bist so ein Idiot«, sagte Patti, stand auf und ging Richtung Wasser. Fabi drückte mir die Pumpgun in die Hand und trabte wie ein treues Hündchen hinter Patti her. Fehlte nur noch, dass er hechelte und sie anjaulte.

»Gehst du nicht ins Wasser?«, fragte ich Flo.

»Nein.« Sie guckte immer noch auf ihre Aufgaben.

»Was rechnet ihr da eigentlich?«

»Übung für den Mathewettbewerb.« Jetzt schaute sie auf. »Fertig mit Fragen?«

»Klar«, sagte ich. Dabei wollte ich sie noch jede Menge fragen. Zu Linus. Zu Mathe. Zu ihrem Gefiedel. Sogar zu ihren Hühnern.

»Willst du mich jetzt hier noch länger anstarren oder was?«

»Quatsch.« Ich guckte schnell zum See rüber. Da tunkte Fabi gerade Patti unter.

»Oder weiter hier rumstehen?«

»Du solltest netter zu mir sein.« Ich schwenkte Fabis Monsterpistole.

»Kein Bock.« Sie warf ihren Pferdeschwanz über die Schulter. Ich legte an und zielte auf sie.

»Traust du dich eh nicht«, meinte Flo. Aber sie grinste ein bisschen dabei.

Ich traf sie an der Schulter und dann genau auf die Stirn.

»Is nich wahr, oder?« Sie wischte sich das Wasser, das ihr in die Augen lief, aus dem Gesicht und sprang auf. Der Taschenrechner fiel auf den Boden und Wasser tropfte auf die Arbeitsblätter. Wie ein Irrer rannte ich schreiend im Zickzack um die Handtücher rum Richtung See, sprang ins Wasser und tauchte unter.

Als ich wieder nach oben kam, sah ich ganz kurz, wie Patti jemandem hinter mir zuwinkte, dann drückte mich Flo schon unter Wasser. Hätte nicht gedacht, dass die so schnell war.

Nach der Wasserschlacht lagen Fabi, Patti und ich matt auf der Badeinsel. Flo hatte mich ein paarmal getunkt, dann war sie wieder in die Strandmuschel verschwunden, um weiterzurechnen.

»Ich bin ganz gut«, meinte Patti und drehte sich auf den Bauch. »Aber Flo ist genial. Bei ihr ist alles Mathe. Sogar ihr Tagebuch besteht nur aus Säulendiagrammen und Prozent-Torten. Manchmal frag ich mich, ob sie auch von Zahlenkram träumt.«

»Also, ich träum garantiert von was anderem«, sagte Fabi.

»Bitte keine Details.« Patti gab ihm eine Kopfnuss.

»Aua!« Fabi setzte sich auf. »Was du schon wieder denkst.«

»Bestimmt das Richtige.«

»Vielleicht träum ich ja von dir?«

»Bah! Hör auf! Das ist eklig.«

»Warum denn eklig? Du hast echt …«

»Warum bist du eigentlich nicht auf unserer Schule?«, fragte ich schnell, bevor Fabi noch mehr Mist erzählte.

»Ich wohne zwei Stadtteile weiter.« Patti stützte ihren Kopf auf eine Hand. »Jeden Tag bis zu euch ist ein bisschen umständlich. Und es gibt eine Schule direkt bei uns um die Ecke.

»Schade«, sagte Fabi. Ich glaub, er drehte langsam ab.

»Schleimer«, entgegnete Patti, aber sie kicherte ein bisschen.

Das konnte nur *noch* peinlicher werden. Schnell sprang ich von der Insel.

Wir radelten zu viert zurück. Vorn Fabi und ich. Hinter uns Patti und Flo. Flo redete die ganze Zeit über die Matheaufgaben. Fabi sagte nichts. Er träumte bestimmt noch von Patti und der Badeinsel.

An der großen Kreuzung hielten wir an.

»Ich muss da lang.« Fabi zeigte in Richtung Wasserturm. »Musst du nicht noch ziemlich weit? Bis irgendwo hinters Shoppingcenter?«, fragte er Patti.

»Ja, leider.«

»Ich könnte neben dir herfahren und dich ein bisschen anschieben.«

»Nee, danke.« Patti radelte einfach los. »Tschüss Flo!«, schrie sie, als sie schon halb über die Kreuzung war. »Viel Spaß mit deinem bescheuerten Nachbarn!«

»Warte!« Die Ampel war eigentlich schon rot, aber Fabi raste trotzdem noch hinter Patti her.

»Alles Bekloppte«, sagte Flo.

»Und Bescheuerte?«

»Na ja, wenn ein Bekloppter jemanden bescheuert nennt, dann gilt das eh nicht.« Flo fuhr langsam an. »Das ist eher wie Minus mal Minus.«

»Aha«, sagte ich und fuhr neben sie. »Dann ist ja gut.«

Wir radelten schweigend nach Hause. Flo versuchte nicht, mich abzuhängen. Sie sagte nichts über Linus. Ich sagte nichts von dem Buch. Wir fuhren nur nebeneinanderher. Als ich vor unseren Häusern bremste, sagte Flo: »Bis dann.« Und ich: »Bis morgen.«

Das war alles. Aber irgendwie fühlte es sich gut an.

JAN

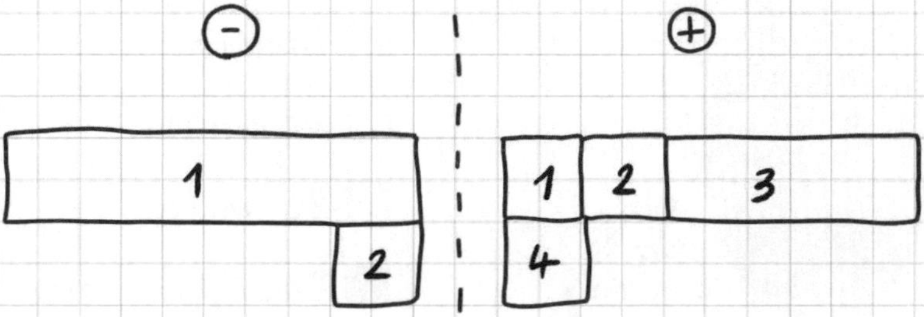

1 Macht mit Linus gemeinsame Sache.

2 Kann nicht rechnen, wenn er mich anguckt.

1 Locken

2 cooler Sprung von Badeinsel

3 Vicki auf seinem Arm

4 Kann nicht rechnen, wenn er mich anguckt.

Flo

Was ich an Mathematik liebe

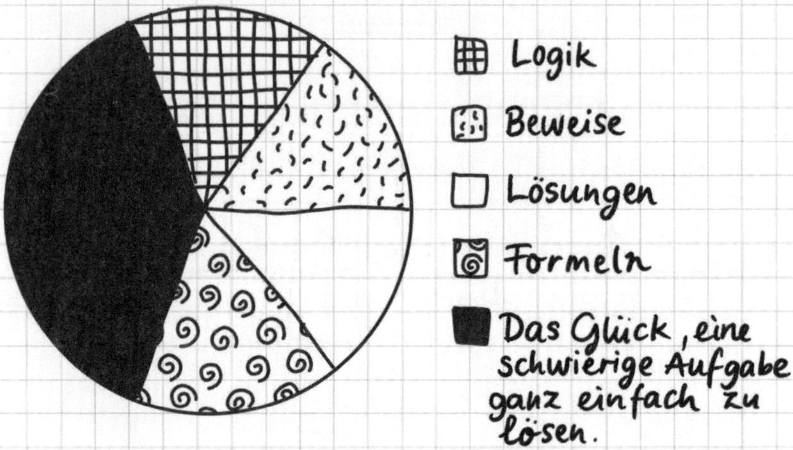

Mathematik in der Schule

Jan

Und dann kam am nächsten Tag diese Mathestunde, die alles wieder kaputt machte. Erst lief es wie geplant. Ich meldete mich brav dreimal. Die Papendick hatte das »Lehrerwahrnehmung beeinflussen« genannt.

Einmal am Anfang, bei den Hausaufgaben. Ich kam nicht dran.

Einmal in der Mitte, bei der Formel-Wiederholung. Ich kam wieder nicht dran.

Einmal am Ende, bei einer Aufgabe, die ich schon aus der alten Schule kannte. Und da entdeckte mich Mister Pi und lächelte: »Jan, hatte ich nicht gesagt, du bist heute dran?«

Ich nickte.

»Dann leg mal los.«

Meine Hände waren ganz schwitzig. Wo sie auf den Buchseiten gelegen hatten, wellte sich das Papier.

Ich wischte sie an der Hose ab und fing mit der Rechnung an. Mister Pi schrieb an der Tafel mit. Als ich fertig war, nickte er und sagte: »Gut.« Mehr nicht. Aber es fühlte sich an, als würde ich nach einem 25 Meter Tauchgang wieder Luft holen.

Und dann meldete sich Flo. Sie meldete sich sonst wenig, und in Mathe hatte sie bis jetzt noch nie etwas gesagt. Was mich echt wunderte.

»Es gibt eine Abkürzung«, sagte sie.

»Richtig.« Mister Pi wischte ungefähr die Hälfte meiner Rechnungen wieder weg. »Es gibt einen deutlich schnelleren Lösungsweg.«

Ein paar aus der Klasse stöhnten.

»Deine Rechnung war nicht falsch, Jan«, erklärte Mister Pi. »Aber etwas unelegant.«

»Und für Eleganz ist Florentine Feldkamp ja Spezialistin.« Das hatte Laura gesagt. Laura saß in der ersten Reihe und holte in jeder Fünf-Minuten-Pause ihre Bürste aus dem Rucksack. Wenn sie nicht ihren Hintern auf Linus' Tisch quetschte und über jeden dämlichen Spruch kicherte, den er abließ.

Jetzt lachte Linus laut auf und machte Daumen hoch zu Laura.

Flo war aufgestanden und ging zur Tafel.

Ohne zu zögern, schrieb sie ihren Lösungsweg an. Ihre Zahlen waren sauber und rund, und ich war mir ziemlich sicher, dass sie die Aufgabe noch nie gerechnet hatte.

Mister Pi stand mit verschränkten Armen neben der Tafel und lächelte. Richtig glücklich sah er aus.

Flo legte die Kreide weg.

»Sehr elegant«, kommentierte Laura und musterte Flo von oben bis unten, ihre weite, karierte Bluse, ihre abgeschnittene, ausgefranste Jeans, ihre abgelatschten Flip-Flops.

»Ja, oder?«, sagte Mister Pi. Der hatte natürlich außer Flos Zahlen überhaupt nichts mitgekriegt.

Alle lachten. Nur Fabi nicht. Er schrieb einfach Flos Lösung ab. »Voll die Idioten«, murmelte er.

Flo ging zurück auf ihren Platz. Kerzengerade, ihre Flip-Flops klatschten im Takt ihrer Schritte, ihre Haare leuchteten in der Sonne. Ganz kurz schaute sie zu mir. Dann setzte sie sich hin.

Ich fühlte mich wie ein riesengroßer Versager. Ich hatte zwar nicht mitgelacht. Aber mehr auch nicht.

Auf dem Heimweg fuhr Flo wieder vor mir. Ihre Haare flatterten im Wind. Ich überlegte mir Sätze, die ich zu ihr sagen könnte.

»Genialer Lösungsweg, wäre ich nie draufgekommen.« Oder: »Lauras Hirn ist garantiert kleiner als das von deinem Huhn.«

Natürlich sagte ich keinen einzigen zu ihr. Ich versuchte noch nicht mal, sie einzuholen.

JAN

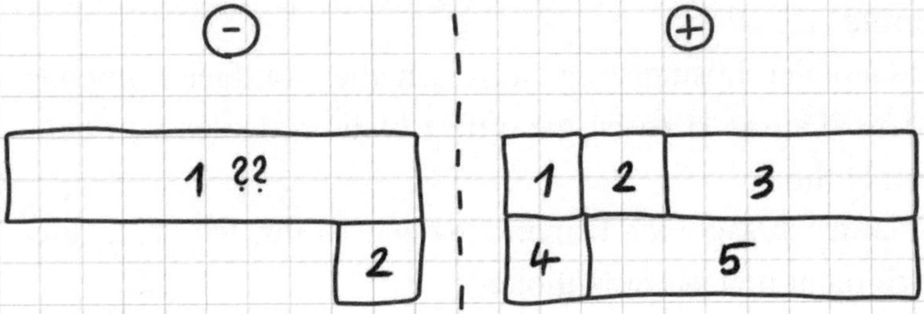

1 Macht mit Linus gemeinsame Sache?

2 Kann nicht rechnen, wenn er mich anguckt.

1 Locken
2 cooler Sprung von Badeinsel
3 Vicki auf seinem Arm
4 Kann nicht rechnen, wenn er mich anguckt.
5 Wie er mich in Mathe angesehen hat, anstatt wie alle zu lachen.

Jan

»Heute habe ich mich kurz mit André unterhalten«, sagte meine Mutter beim Abendessen und schmierte Butter auf Tobis Brot. »Ich habe ihn am Freitag zum Grillen eingeladen.«

»Wer ist André?«, fragte mein Vater.

»André Feldkamp, unser Nachbar, der Vater von Florentine.«

»Die fantastische Florentine, unsere Hühnerfrau von nebenan«, stichelte Nele.

»Stell dir vor«, erzählte meine Mutter weiter, »der lebt ganz allein mit Florentine. Seine Frau arbeitet seit einiger Zeit in London.«

»Sind die geschieden oder was?«, fragte Nele.

»Das wohl nicht«, meinte meine Mutter. »Aber für Florentine ist es trotzdem nicht leicht.«

Schlagartig fiel mir Flos Buch wieder ein. Sie hatte es von ihrer Mutter geschenkt bekommen – und es lag immer noch in meinem Zimmer. In den letzten Tagen hatte ich es total vergessen. Ich musste es ihr unbedingt zurückgeben. Vielleicht konnte ich mich dann auch direkt für die Sache heute in Mathe entschuldigen.

»Komm schon, Hanna!« Flo rannte am 7-Meter-Kreis auf und ab, ihr Pferdeschwanz flog hin und her. »Hier Hanna, hier!« Sie sprang, um den Ball zu bekommen, der über die Köpfe der Verteidiger zu ihr flog. Fabi versuchte erst, den Ball wegzufischen, dann, die Lücke zu schließen, aber er war zu langsam. Flo tauchte irgendwie unter seinem Arm durch und donnerte den Ball ins Tor.

Als sie sich mit Hannah abklatschte, leuchtete alles an ihr: ihr Gesicht, rot wie ihre Haare, ihre hellen Arme und Beine, das bunte, wild gebatikte T-Shirt, die grünen Turnschuhe.

»Hast du sie schon mal im Bikini gesehen?« Linus hatte sich neben mich auf die Bank gequetscht. Unsere Mannschaft hatte Pause.

Ich bückte mich und fummelte an meinen Schnürsenkeln. In den letzten beiden Tagen hatte sich Linus an mir festgesaugt. In den Pausen, auf dem Weg zum Bioraum, nach der Schule beim Fahrradständer, ständig tauchte er neben mir auf. Also keine Chance, Flos Buch in der Schule wieder loszuwerden. Und keine Chance, Flo zu zeigen, dass ich nichts mit Linus zu tun haben wollte.

Dass er nicht mein Freund war.

Ich richtete mich wieder auf und Linus legte mir seine Hand in den Nacken.

»Ich sag dir«, er zog mich nah an sich ran, »unter ihren ganzen Ökofummeln ist die ganz schön … Du weißt schon.«

In dem Moment pfiff der Sportlehrer das Spiel ab. Flo holte sich vom anderen Ende der Bank ihre Trinkflasche. Dann musste sie an uns vorbei zur Umkleide.

»Ich mag dich so wild, Flöchen.« Er grinste sie an. »Du doch auch Jan, oder?«

Ich schlug seine Hand aus meinem Nacken weg. »Lass den Scheiß, Mann.«

Flo war stehen geblieben. Sie schaute uns an wie die Hühnerkacke an ihren Gummistiefeln. »Und ich find dich widerlich,« sagte sie zu Linus. »Immer.«

Dann riss sie die Tür zu den Mädchenumkleidekabinen auf und verschwand.

»Das war dann wohl 'ne ziemliche Abfuhr.« Ich stand von der Bank auf.

Linus sagte nichts. Aber als ich die Tür zu unseren Umkleiden öffnen wollte, blockierte er plötzlich mit seinem Fuß die Tür. »Hast du eigentlich das Buch noch?«

»Wieso?« Ich zog mit einem Ruck an der Tür. Sie bewegte sich kein Stück.

»Behalt es noch ein bisschen.«

»Also eigentlich …« Da zog Linus plötzlich den Fuß weg. Die Tür donnerte volle Kraft gegen mein Knie. Ich biss die Zähne zusammen.

»Du behältst es noch!« Linus marschierte an mir vorbei in die Kabine.

Als ich nach Hause radelte, pochte der Schmerz in meinem Knie und Flo hängte mich zum ersten Mal ab. Ich war in den letzten Tagen immer hinter ihr hergefahren. Nicht ganz dicht dran. Aber auch nicht zu weit weg. Neben ihr zu fahren, traute ich mich nicht mehr.

Heute ließ ich sie vorausfahren. Als sie bei Gelb über die Ampel radelte, drehte sie sich tatsächlich um. Ihr Rad machte dabei einen kleinen Schlenker, dann sauste sie weiter über die Kreuzung.

Flo

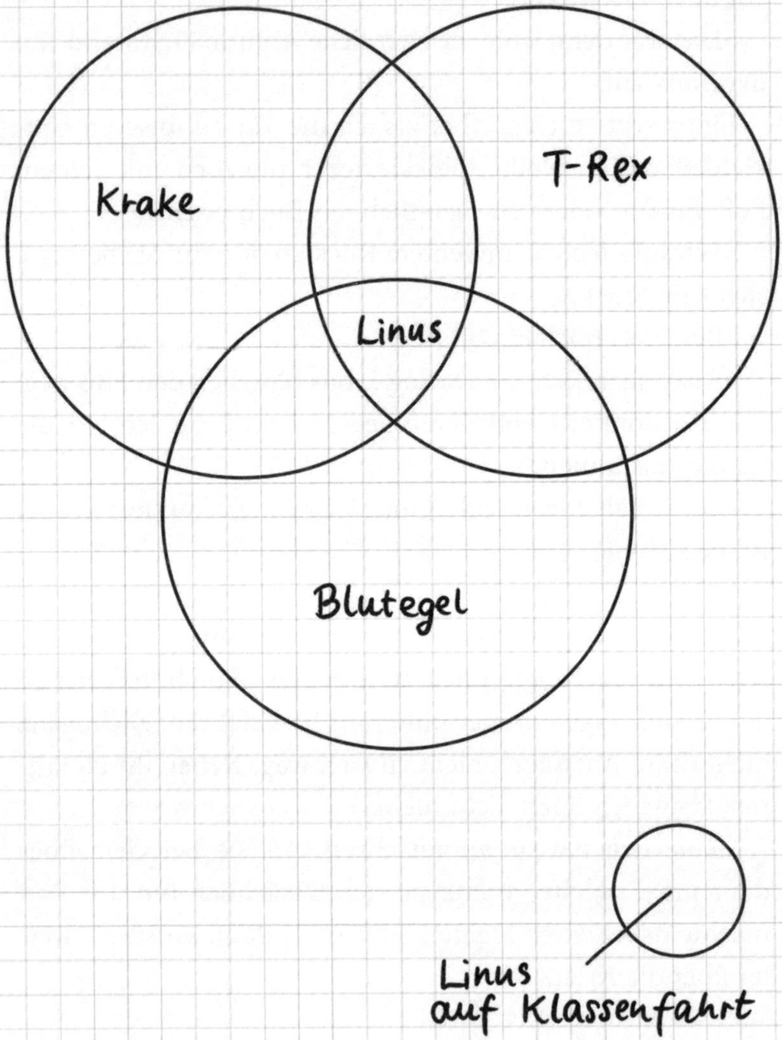

Jan

Flo geigte wieder. Bei offenem Fenster. Ich hatte noch eine halbe Stunde für die bescheuerte Hausaufgabe in Deutsch, dann musste ich zum Training. Aber bei diesem Gefiedel hatte ich keine Chance.

Ich rauschte raus in den Garten.

»Ey!«, brüllte ich. »Mach das Fenster zu, Mensch!«

Flo sah zu mir runter, die Geige noch unter dem Kinn. Sie schloss das gekippte Fenster, nur um es dann ganz aufzureißen.

»Aha«, sagte sie und verschränkte die Arme vor der Brust. »Du redest also wieder mit mir.«

»Ich wollte eigentlich nur …« Plötzlich kam ich mir hier auf der Wiese ziemlich dämlich vor.

»Eine Zeit lang warst du ja ganz wild drauf.«

»Worauf?«

»Na, darauf, mit mir zu reden.«

»Das bin ich immer noch.« Oh nein! Meine Ohren glühten.

»Ach ja?« Flo guckte zum Glück nicht zu mir, sondern schnippste Blätter vom Fensterbrett. »Davon merk ich aber nichts.«

»Weil es einfach nie klappt! Ständig hab ich Linus an der Backe, und dann kam die Sache mit Mathe …«

»Was ist mit Mathe?«

Ich rupfte mit meinen nackten Füßen Gänseblümchen vom Rasen. »Alle haben über dich gelacht. Und ich hab nur dagesessen und hab sie lachen lassen.«

»Ach, das«, sagte Flo. »Aber du hast doch nicht mitgelacht.«

Ich zuckte mit den Achseln. »War ja auch nichts lustig.«

Wir schwiegen eine Weile. Ich rupfte weiter Gänseblümchen, Flo pulte Dreck aus dem Fensterrahmen.

»Also«, sagte ich schließlich und zog Grashlame zwischen meinen Zehen raus, »ich muss noch Deutsch machen.«

»Und ich muss noch ein bisschen fiedeln.« Flo verzog das Gesicht. »Meine Mutter will unbedingt, dass ich noch was anderes mache als …«

»Mathe?« Ich grinste.

»Genau. Und irgendeine Beratungstussi hat ihr wohl gesagt, dass Mathematik und Musik super zusammengehen. Na ja, bei mir wohl eher nicht.«

Ich seufzte. »Beratungstussis können ganz schön nerven.«

»Aber echt.« Sie legte eine Hand an den Fenstergriff.

»Kommst du eigentlich später mit rüber zu uns?«, fragte ich schnell. »Zum Grillen?«

»Sicher.«

»Dann hab ich nachher was für dich.«

»Echt?«

»Echt«, sagte ich. Und dann machte ich, dass ich wegkam.

»Alles klar?« Fabi schlüpfte in seine Badelatschen.

»Sicher.« Ich zerrte die Flossen aus meinem Rucksack. Wir waren die Ersten. Ich war extra ein bisschen früher losgefahren. Mein Fahrrad hatte ich beim Supermarkt angeschlossen. Das letzte Stück zum Schwimmbad lief ich zu Fuß.

Fabi zeigte auf den riesigen blauen Fleck an meinem Knie. »Sieht heftig aus.«

»Geht schon besser.« Ich warf mir mein Handtuch über die Schulter und wollte aus der Umkleide gehen.

»Du könntest dich wehren. Zurückschlagen.«

»Ach ja? Hast du das gemacht?«

Fabi zuckte mit den Schultern. »War nicht nötig. Linus kennt meinen großen Bruder.«

»Schön für dich, Klugscheißer. Ich hab nur 'ne große Schwester.«

»Aber trotzdem musst du doch nicht …«

Den Rest kriegte ich nicht mit. Die Tür fiel hinter mir zu.

Linus war zu spät. Rüdiger verteilte gerade die Trainingspläne, als die Tür klapperte und er aus der Dusche kam.

»Auch schon da?«, sagte Rüdiger.

Linus zuckte mit den Achseln. »Schwimmt doch noch niemand.«

»Ach ja?« An Rüdigers rechtem Auge zuckte das Augenlid. Vermutlich kein gutes Zeichen. Er knallte sein Klemmbrett auf einen Startblock und atmete tief ein.

»Einschwimmen«, sagte er dann. Und zu Linus: »Du nicht.«

»Als ob ihn das kratzen würde«, sagte Fabi leise. Wir saßen am Beckenrand und zogen die Schwimmbrillen an. »Spätestens vor dem nächsten Wettkampf ist Rüdiger wieder nett zu ihm.«

Ich schaute zum Gymnastikraum rüber. Durch die Glasscheibe konnte man Linus sehen. Er machte Sit-ups. Rüdiger stand mit der Stoppuhr daneben. Bestimmt quälte er Linus mit einem fiesen Intervalltraining.

»Obwohl …«, Fabi ließ sich ins Wasser gleiten und tauchte kurz unter. »Jetzt haben wir ja dich.«

Dann schwamm er los.

Fabi und ich hatten den gleichen Rhythmus. Er war fünf, sechs Züge voraus, wendete immer kurz vor mir. Bei jeder Bahn wurde mir wärmer, aber das Brennen blieb diesmal aus, meine Züge blieben lang, mein Atem ruhig und gleichmäßig.

Zu spät bemerkte ich, dass Linus mir entgegenkam. Er schwamm nicht links, sondern in der Mitte, Brust, seine Arme schoben quer über die ganze Bahn das Wasser weg. Ich versuchte auszuweichen, meine Füße paddelten gegen die Kette, Linus Fuß traf mich trotzdem an der Seite. Nicht schlimm, aber ich kam völlig aus dem Takt. Schluckte Wasser. Am Ende der Bahn hing Fabian schon am Beckenrand.

»Was macht der Idiot?«

»Frag mich nicht.« Ich hustete und schraubte meine Trinkflasche auf. »Idiotisches halt.«

»Stimmt.« Fabi zog den Trainingsplan zu sich rüber. »Wie es Idioten eben so machen.«

»Genau.«

Es platschte neben uns. Linus.

»Musst du nicht noch ein paar Bahnen schwimmen?«, fragte Fabi und kramte nach seinem Pullboy.

»Kümmer dich um deinen eigenen Scheiß«, gab Linus zurück.

Fabi verdrehte die Augen und setzte sich dann seine Schwimmbrille wieder auf. »Machen wir weiter.«

Da grabschte Linus nach meiner Tasche, öffnete sie, zog erst die Flossen raus, schmiss sie auf den Rand, und nahm dann meinen Pullboy. »Ich nehm mal deinen, ja?«, sagte er und ließ sich wieder ins Wasser rutschen.

Ich erwischte ihn noch mit einer Hand an der Schulter. Ich klammerte mich fest und drückte ihn mit aller Kraft nach unten. Mit der anderen Hand fischte ich nach meinem Pullboy.

Linus zappelte, sein Ellbogen traf mein Kinn, aber ich ließ nicht los, riss ihm den Pullboy aus der Hand und tauchte wieder auf.

»Bist du bescheuert?« Linus hustete und klammerte sich an den Rand. »Ich hab die Pissbrühe sogar in der Nase.«

»Ey!«, brüllte Rüdiger von der Tribüne rüber. Er saß da mit der Trainerin der Kleinen und ging irgendwelche Listen durch. »Macht ihr da Kaffeeklatsch oder was?«

»Sind schon wieder unterwegs, Chef!« Fabi winkte mit seinem Pullboy. Dann stieß er mich an. »Komm schon.«

Schnell klemmte ich mir meinen zwischen die Beine und stieß mich vom Rand ab.

Als wir unter die Dusche gingen, schwamm Linus immer noch seine Extrabahnen fürs Zuspätkommen.

Jan

Als ich vom Training nach Hause kam, roch es im Flur schon nach Grill und aus dem Garten konnte ich Musik hören. Ich ließ meinen Rucksack an der Garderobe fallen und ging hoch in mein Zimmer.

Von hier aus konnte ich alle sehen. Mein Vater stand am Grill und trug seine peinliche Schürze (Aufdruck: »Mr. Good looking is cooking«), daneben fummelte Tobi mit der großen Grillzange an den Würstchen rum. Nele stellte gerade einen Stapel Teller auf den Terrassentisch. Sie hatte ein pinkfarbenes Top an und diesen superkurzen Rock, über den sich meine Eltern sonst immer aufregten. Waren wohl ziemlich im Stress, sonst hätte Nele den nicht an. Der ganze Garten war schon voll mit Erwachsenen. Ich kannte keinen einzigen. Und: keine Flo. Obwohl, meine Mutter unterhielt sich mit einem Typen mit wirren roten Haaren. Definitiv Flos Vater. Schnell zerrte ich ein frisches T-Shirt aus dem Schrank. Mein altes kickte ich unters Bett. Aufräumen konnte ich später.

Im Bad wusch ich mich sicherheitshalber noch mal unter den Armen. Meine Haare waren wie immer eine Katastrophe. Sie standen nach allen Seiten ab. Kämmen brachte nichts. Aber vielleicht Neles Wachs? Ich tauchte meine Finger in das schleimige Zeug und versuchte wenigstens so etwas Ähnliches wie eine Frisur hinzubekommen. Zur Seite? Nein. Ein bisschen nach oben? Besser.

»Da bist du ja endlich.« Meine Mutter stand in der Küche vor dem offenen Kühlschrank und wühlte darin herum. Sie schaute nur kurz über die Schulter zu mir, dann wühlte sie weiter.

»Wieso? Mein Training geht bis um halb acht.« Ich zog ein paar Salzstangen aus der offenen Packung neben der Kaffeemaschine.

Meine Mutter fing an, hektisch den Kühlschrank auszuräumen. »Sag mal, siehst du die kleine Tupperbox? Die mit dem rosa Deckel?«

Ich stopfte mir die nächste Ladung Salzstangen in den Mund. »Steht in der Tür. Ganz oben.«

»Oh, Mann.« Meine Mutter schüttelte den Kopf. » Ich steh

seit Stunden in der Küche. Kein Wunder, dass ich schon total durch bin.«

Sie zerpflückte die Basilikumblättchen aus der Box und verteilte sie auf der Tomaten-Mozzarella-Platte.

Dann hielt sie mir die Platte hin. »Kannst du die mit rausnehmen?«

Draußen am Buffet stand Nele, wickelte Besteck in Servietten und legte es in einen Korb.

»Hast du mein Wachs benutzt?« War ja klar, dass sie direkt was merkte.

»Hä, wieso?« Mit der Schulter schob ich sie ein bisschen zur Seite, vom Buffet weg, und suchte einen Platz für den blöden Tomaten-Mozzarella-Teller.

»Wie, wieso? Deine Haare sehen anders aus.« Nele versuchte, nach meinen Haaren zu grabschen, aber ich wich aus. Dabei rutschten die Tomaten- und Mozzarellascheiben bis an den Rand und die ölige Soße schwappte über meine Finger.

»Lass es, Mann!« Ich angelte mit einer Hand nach einer Serviette. »Ich hatte Training und komm aus der Dusche.«

Nele starrte meine Haare an: »Ja klar.« Dann grinste sie. »Na ja, egal, sie ist eh nicht da.«

Ich knüllte die Serviette zusammen. Logisch, dass Nele wieder damit anfing.

»Von wem redest du?«

Sie schnalzte mit der Zunge. »Na, von deiner Hühnerfrau. Ist doch klar. Hast du eigentlich ihr Buch schon durchgelesen?«

Und dann passierten drei Sachen auf einmal:

Erstens: Nele stieß mich mit dem Ellbogen an. Nur ein bisschen, aus Spaß. Aber es reichte: Tomaten- und Mozzarellascheiben rutschten von der Platte, klebten kurz an meinem T-Shirt und landeten klatschend auf der Terrasse.

Zweitens: Hinter mir fragte Flo: »Du hast mein Buch?«

Und – drittens – meine Mutter: »Sag mal, Jan, ist das so schwer, einfach nur die Platte von der Küche auf die Terrasse zu bringen, ohne dass die Hälfte auf dem Boden landet?«

Eines war klar: Irgendwann bringe ich Nele um.

Ich donnerte den halb leeren, triefigen Teller auf das Buffet.

»Ich geh mich umziehen«, sagte ich. An der Terrassentür drehte ich mich noch mal um. »Ach, Nele … gab's den Rock eigentlich auch in deiner Größe?«

Als ich wieder in den Garten kam, war Flo weg. Am Buffet stand sie nicht mehr, und zwischen den ganzen neuen Nachbarn konnte ich sie auch nicht entdecken. »Ich glaub, sie ist wieder rüber«, sagte Nele und schob sich eine Traube in den Mund. »Traurig?«

Heute war Nele echt eine bescheuerte, blöde Ziege. Wenigstens hatte meine Mutter sie gezwungen, ihren Mini-Mini auszuziehen. Jetzt ging ihr der Rock bis kurz über die Knie.

»Halt einfach die Klappe, Nele.« Ich drängelte mich zum Grill durch.

Tobi versuchte gerade, mit der riesigen Grillzange die Würstchen zu wenden.

Als er mich sah, hielt er die Zange in die Luft.

»Ich bin der Grillmeister, Janni.« Er lachte. Auf der Nase hatte er schon einen Rußfleck.

»Super.«

»Grillmeister ist erster Chef am Grill.« Er drehte sich zu meinem Vater um. »Stimmt's, Papa?«

»Klar, Chef.«

»Ist schon eine Wurst fertig?« Ich angelte ein aufgeschnittenes Brötchen aus dem Korb und hielt es Tobi hin.

Tobi versuchte mit der großen Zange eine Wurst einzuklemmen. Als sie das zweite Mal zurück auf den Grill rutschte, nahm ich ihm die Zange weg und legte mir die Wurst selbst ins Brötchen. »So geht das, du Chef.«

Tobi riss die Zange an sich. »Das darfst du nicht. Ich bin der Grillmeister.« Mit beiden Händen umklammerte er die Zange. Seine Unterlippe zitterte.

»Wenn du's halt nicht geregelt kriegst.« Ich quetschte mir Ketchup aufs Brötchen.

»Ich kann das wohl.« Tobi schniefte. »Stimmt's, Papa? *Ich* bin erster Chef.«

Mein Vater nahm Tobi in den Arm und strubbelte ihm durch die Haare.

»Klar«, sagte er. Und dann zu mir: »Musste das jetzt sein?«

Er guckte ziemlich sauer.

Aber mein Tag war bisher voller Mist. Deshalb zuckte ich nur mit den Schultern und ging zum Gartentürchen raus.

Ich aß mein Wurstbrötchen draußen auf dem Gartenweg. Dann saß ich einfach nur noch da. Langsam wurde es dunkel. Der Geruch vom Grill wehte zu mir rüber und Lachen und Musik und Geschirrklappern. Meine Mutter rief nach mir, aber ich blieb einfach sitzen. Ich holte mein Handy aus der Hosentasche und scrollte durch die Kontakte. Auf keinen von den alten hatte ich Bock. Die meisten waren jetzt sowieso offline. Nach den Sommerferien gab es immer kleines Trainingslager. Ohne WLAN.

Neue Kontakte hatte ich bis jetzt eh nur einen. Fabi. Ich klickte auf sein Profilbild. Ich war mir ziemlich sicher, dass es Michael Phelps war. Auf dem Foto tauchte er gerade aus dem Wasser, den Mund weit aufgerissen, die Augen versteckt hinter einer silbrig schimmernden Schwimmbrille, beide Arme schon halb aus dem Wasser für den nächsten Schmetterlingszug. Der Hintergrund war bearbeitet. Statt Wasser oder so war da jetzt das aufgerissene Maul eines weißen Hais. Das war so typisch Fabi.

Ich schrieb »Cooles Profilbild« und wartete auf Antwort.

Da raschelte es in einem Busch in der Nähe von Flos Gartentörchen, und Vicki stolzierte auf den Gartenweg.

Sie ruckte mit dem Kopf: links, rechts, links. Guckte wohl, ob die Luft rein war. Dann fing sie an zu picken.

Ganz langsam steckte ich mein Handy in die Tasche und schob mich in die Hocke. Vicki tat so, als wäre ich gar nicht da. Sie pickte weiter und kam dabei langsam auf mich zu. Fast so, als wollte sie gefangen werden. Als sie nur noch etwas mehr als eine Armlänge von mir entfernt war, schlug ich zu: Blitzschnell ließ ich mich auf die Knie fallen, packte mit der einen Hand die Hühnerfüße, mit der anderen in die weichen Federn an der Brust. Vicki gackerte ein bisschen und flatterte einmal kurz mit den Flügeln, dann lag sie still da, den Kopf ein bisschen schräg gelegt, und starrte mich an.

»Mit mir nicht, Fräulein«, flüsterte ich.

Beleidigt drehte Vicki den Kopf weg.

Diesmal ging ich durch das Gartentörchen zu Flo. Flos Vater war bei meinen Eltern, also blieb nur noch Flo, der ich begegnen konnte. Und die wollte ich auf keinen Fall sehen.

Aber als ich im Dunkeln versuchte, die Hühnerstalltür irgendwie zu öffnen, hörte ich hinter mir ein leises Schniefen.

Flo saß auf der Terrasse. Vor ihr auf dem Tisch lag das rot-schwarze Heft, mit dem ich sie schon mal gesehen hatte. Ihr Tagebuch. Ihr Gesicht konnte ich nicht sehen, ihre Haare hingen davor. Aber ihre Schultern zuckten. Dann schniefte sie wieder. Ganz klar: Flo weinte.

Mein Herz klopfte auf einmal wie verrückt. Wie vor einem Wettkampf, wenn ich darauf warte, auf den Startblock steigen zu dürfen. Aber da weiß ich wenigstens, was ich dagegen machen kann: dehnen, Arme kreisen, hüpfen, Brille zurechtziehen – so was halt.

Ganz kurz überlegte ich, das Huhn einfach auf die Wiese zu setzen und wieder zu gehen, aber da sagte Flo schon: »Glaub bloß nicht, das ist wegen dem Hühnerfraubuch-Scheiß.«

Sie zog die Nase hoch und strich sich die Haare aus dem Gesicht.

»Also, Nele ist manchmal einfach, weißt du …«

Zum Glück guckte Flo nicht zu mir, sondern kramte ein Taschentuch aus ihrer kurzen Hose. Mein Gesicht leuchtete bestimmt wie einer der Lampions im Garten meiner Eltern.

Ich holte tief Luft. Dann sagte ich: »Das mit dem Buch tut mir leid. Linus hat es mir einfach zugesteckt, nachdem er es dir abgenommen hat. Und dann hab ich es mit der Rückgabe einfach vermasselt. Soll ich es gleich holen?«

Flo schnäuzte sich. »Nur, wenn du's nicht mehr willst.«

»Ich hab's ausgelesen«, sagte ich möglichst cool. Dabei war das eine Riesensache. Ich hatte noch nie ein Buch gelesen. Also freiwillig. Und ganz allein.

Ganz so cool klang ich dann wohl doch nicht, denn Flo sagte: »Hört sich ja an, als hättest du es fast auswendig gelernt.«

Ich zuckte einfach nur die Achseln und antwortete lieber nicht.

Flo seufzte. »Weißt du, eigentlich wollte mich dieses Wochenende meine Mutter besuchen. Sie hat gesagt …« Sie putzte sich noch mal die Nase. »Ach, eh egal«, sagte sie dann. »Vergiss es.«

Ich kam mit Vicki auf dem Arm näher, zog einen Gartenstuhl heran und setzte mich. Flo schlug schnell ihr Tagebuch zu.

»Bevor wir umgezogen sind, war mein Vater auch ständig unterwegs.« Ich streichelte Vicki über den Kopf. »Und immer, wirklich immer länger als geplant.«

»Das ist doch scheiße, oder?« Flo hob den Kopf und schaute mich an. Vom Weinen hatte sie rote Flecken im Gesicht.

»Aber echt.«

Flo nickte. Dann sagte sie: »Und? Schickt er dir die Mathehausaufgaben auch brav zu?«

»Hä? Warum fängst du schon wieder mit den Mathehausaufgaben an?«

»Na, Linus. Er schickt dir doch bestimmt ...«

»Einen Scheiß macht der! Glaubst du echt, ich hab nach der Schule noch was mit dem zu tun?«

»Ihr hängt doch dauernd zusammen ab. Und du hattest schließlich mein Buch.«

»Moment mal: Linus hängt mit mir ab. Nicht ich mit ihm.«

»Ist das nicht das Gleiche?«

»Nein.« Mein Handy vibrierte in der Hosentasche. »Ich hab nicht mal seine Nummer.«

»Ach ja?«

Ich hob mit einer Hand Vicki ein bisschen an und holte mein Handy raus.

»Guck selber.« Ich entsperrte es und hielt es ihr hin.

»Soll ich dir vorlesen, was Fabi geschrieben hat?« Flo kicherte. Sie wartete meine Antwort nicht ab. »Deines auch. Ryan Murphy, oder?« Sie schaute zu mir. »Wer ist Ryan Murphy?«

»Schwimmer. Weltrekord im Rückenschwimmen.«

Ryan Murphy kannte fast niemand. Phelps, Lochte, das waren die bekannten. Aber Fabi war anscheinend genauso verrückt nach Schwimmen wie ich.

»Du schwimmst auch, oder?« Flo öffnete meine Kontakte.

»Im gleichen Verein wie Fabi. Und Linus.«

»Oje.« Flo gab mir mein Handy zurück. »Den hast du echt an der Backe.«

»Du doch auch.«

Flo seufzte. »Leider. Ich hoffe, er kapiert es langsam. Egal. Jetzt weiß ich ja, dass er das Buch gar nicht hat. Dann hört wenigstens das mit den Mathe-Hausis auf.«

»Warte.« Endlich kapierte ich mal was. »Du gibst ihm die Mathehausaufgaben, damit du irgendwann dein Buch zurückkriegst?«

»Na ja.« Flo zog sich ein Haargummi vom Handgelenk und fing an, sich einen Pferdeschwanz zu binden. »Das Buch war ganz neu und außerdem von meiner Mutter.«

»So ein Vollidiot! Ich hab gedacht, er will Nachhilfe von dir oder so.«

»Weißt du«, Flo zog ihren Zopf fest, »er hätte einfach nett fragen können. Ich hätte ihm wirklich geholfen. Obwohl er manchmal super bescheuert ist. Seine Eltern machen ihm richtig Druck, vor allem sein Vater.«

»Meinte Fabi auch.«

»Aber jetzt die miese Sache mit dem Buch und sein blödes Rumgelaber!« Sie schüttelte sich.

»Wenn er noch mal so'n Ding dreht, mach ich ihn fertig.«

»Echt?«

»Klar.«

Flo lächelte. Dann legte sie den Kopf in den Nacken und schaute in den Himmel. Vicki hockte warm und ruhig auf meinem Schoß. Drüben hatten meine Eltern die Musik ausgestellt. Durch die Hecke sah man die Lampions leuchten, ein paar Nachbarn saßen noch auf unserer Terrasse und unterhielten sich leise.

Dann stand Flo plötzlich auf. Sie nahm Vicki von meinem Schoß, brachte sie in den Stall und ging zum Gartentörchen.

»Kommst du?«, fragte sie.

»Wohin?«

»Schaukeln.« Sie machte das Tor auf und verschwand auf dem Gartenweg.

Wir gingen vom Gartenweg aus nur eine Straße weiter. Am Tor zu Tobis Kindergarten blieb Flo stehen.

»Hier?«, fragte ich und sah durch die Gitterstäbe. Bunte Kullertonnen, Reckstangen, ein Haus mit Rutsche und eine Nestschaukel.

»Klar.« Flo fing an, sich am Tor hochzuziehen.

Ohne nachzudenken, packte ich sie an den zappelnden Beinen und schob sie das letzte Stück übers Tor. Ihre Beine fühlten sich warm und weich und lebendig an, und meine Hände kribbelten, als ich sie losließ. Flo sprang auf der anderen Seite runter, ging zu der Nestschaukel und setzte sich auf den Rand, dann ließ sie sich nach hinten fallen.

»Komm schon«, sagte sie.

Ich kletterte über das Tor und legte mich vorsichtig neben Flo in die Schaukel. Aber andersrum, mein Kopf lag neben ihren Füßen, meine Beine hingen über den Rand. Ich stieß uns ein wenig an, und die Schaukel bewegte sich ganz langsam hin und her. Über uns raschelten die Blätter eines Baumes und weit oben am Himmel blinkte ein Flugzeug.

»Warst du eigentlich weg diesen Sommer?«, fragte Flo, nachdem das Flugzeug verschwunden war. Ihre Haare kitzelten an meinen Beinen.

»Nein.« Ich gab der Schaukel ein bisschen mehr Schwung. »Mein Vater hatte ja die neue Stelle. Da blieben nur ein paar

Tage für den Umzug frei.« Ich legte mir einen Arm unter den Kopf. So konnte ich Flo ansehen. Sie hatte die Augen geschlossen. »Und du?«

»Ich war mit Patti weg.« Sie verzog das Gesicht und ich glaube, sie wurde auch rot. Es war schon ziemlich dunkel, also konnte ich es nicht so ganz genau sehen.

»Reiterferien?«, tippte ich. Bis letztes Jahr war Nele jedes Jahr auf einen Reiterhof gefahren. Dieses Jahr hatte sie plötzlich behauptet, das sei peinlich und was für Babys. Vielleicht war Flo ja deshalb rot geworden.

»Quatsch!« Flo schlug mir mit der Hand gegen das Bein.

»Könnte doch sein.«

»Nein!«

»Was dann?«

»Zelten, Kroatien.«

»Nur du und Patti?«

»Nee. Also, Zelten war mit meinem Vater.«

»Also ohne Patti.«

»Hm.«

»Und was war dann mit Patti?«

Flo schwieg. Sie wickelte eine Strähne um ihren Zeigefinger. Ließ sie wieder los. Wickelte sie wieder auf. Schwieg weiter. Das Schweigen fühlte sich anders an als gerade eben auf der Terrasse. Dunkler. Schwerer. Wie etwas, das auf einem draufhockt.

Deshalb sagte ich einfach das Erste, das mir gerade einfiel: »Ich hab in den Sommerferien eine Wand in meinem Zimmer blau gestrichen.« Ich gab der Schaukel einen ordentlichen Schubs. »Sieht voll bescheuert aus.«

Flo ließ die Strähne los und hob den Kopf, um mich anzusehen. »Dann ist ja wohl klar, was wir an diesem Wochenende machen.«

»Wie, machen?«

»Na, streichen.«

»Streichen?«

»Deine Wand.«

»Ach so.«

Flo legte sich wieder flach hin und schaute in den Himmel.

Leise sagte sie: »Ich war mit Patti im Mathecamp. Machen wir jeden Sommer.«

»Wow.«

»Das findest du nicht nerdmäßig?«

»Gar nicht. Ist doch wie Trainingslager.« Oder wie LRS-Sommer-Intensivkurs. Aber das sagte ich lieber nicht.

»Na ja, fehlt eben der Sport.«

»Den machst du doch im Kopf.«

»Stimmt.«

Ich gab der Schaukel wieder einen Schubser.

»Wegen deines Buchs …«

»Gib's mir nachher.«

»Nein, also, ja, ich weiß, dass du pingelig bist mit deinen Sachen und so …«

»Sagt wer?«

»Fabi. Stimmt das nicht?«

»Nein. Doch. Manchmal. Kommt drauf an, was. Und wer. Ich hab einfach keinen Bock mehr auf die Schleimer, die nur meine Mathe-Hausis wollen.«

»Ähm, und wie steht's bei mir? Und diesem Buch? Da ist nämlich was schiefgelaufen.«

»Spuck's aus.« Flo schlug mir mit der Hand wieder aufs Bein.

»Es ist nass geworden. Ich hab's getrocknet, aber …«

»Kann man die erste Seite noch lesen? Das von meiner Mutter?«

»Klar.«

»Dann ist's gut.«

Flos Finger berührten jetzt meine. Nur ganz leicht. Nur so wenig, dass es Zufall sein konnte. Ich lag ganz still da. Ich schloss die Augen. Die Schaukel bewegte sich nur noch ganz leicht. Mücken stachen mich. Meine Beine schliefen langsam ein. Alles egal. Weil: Da war diese winzige Stelle an meinem kleinen Finger, die langsam ganz warm wurde.

Flo

Schaukeln

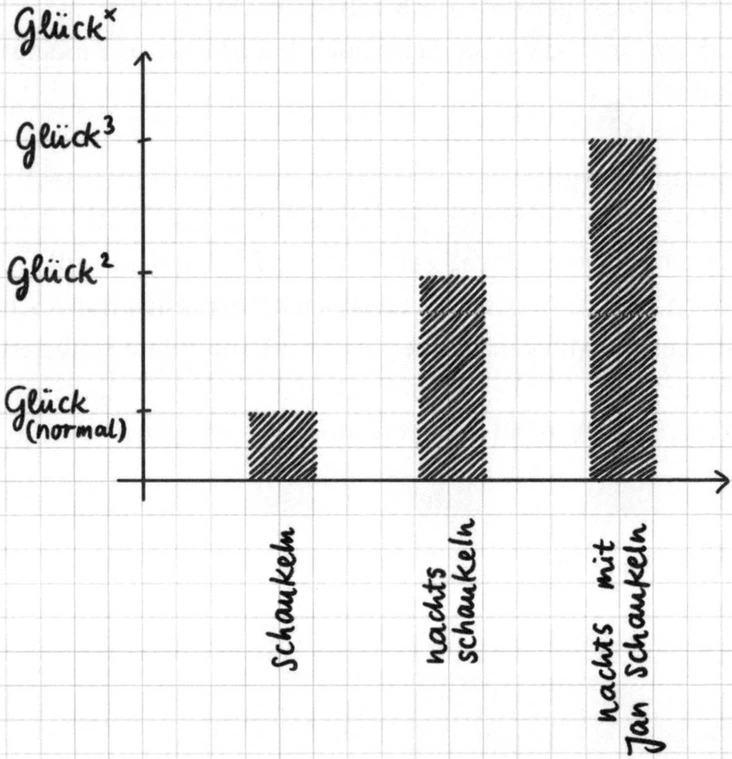

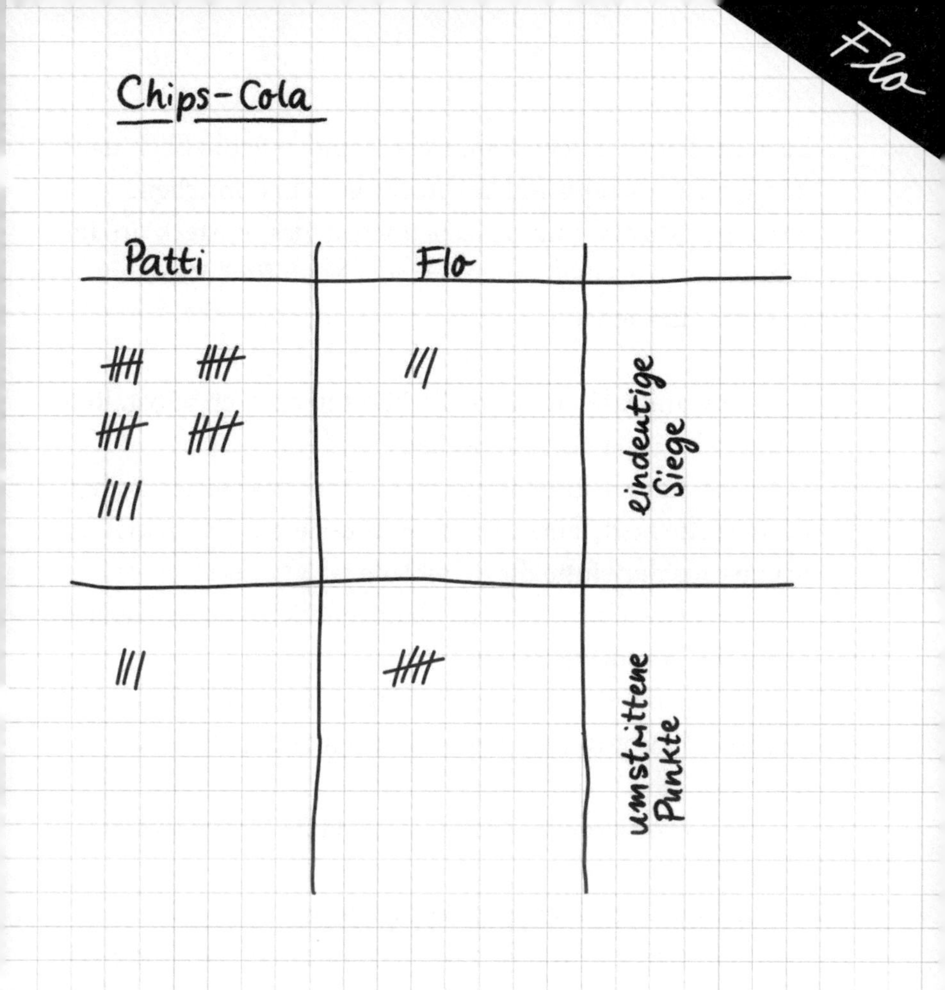

Jan

»Du willst dein Zimmer streichen?« Meine Mutter hörte auf, die Spülmaschine auszuräumen und drehte sich, eine Hand voller Besteck, zu mir rum.

»Nicht das ganze Zimmer, nur eine Wand.« Ich schmierte mir extradick Nutella aufs Brot. Ich war mit einem riesigen

Loch im Bauch aufgewacht. Kein Wunder. Schließlich hatte ich gestern Abend ja nur das mickrige Wurstbrötchen.

Meine Mutter räumte scheppernd das Besteck in die Schublade. Ich sah auf mein Handy. Noch fünf Minuten.

»Also, darf ich?«

»Was?«

»Die Wand streichen. Die Farbe kauf ich auch selbst. Rolle und alles ist ja noch im Keller.«

Meine Mutter antwortete nicht. Nur das Besteckscheppern wurde noch lauter. Dann machte sie mit einem kleinen Schubs aus der Hüfte die Schublade zu.

»Meinetwegen«, sagte sie dann endlich. »Aber danach bleibt die Wand, wie sie ist.«

Es klingelte. Das musste Flo sein. Ich stopfte mir schnell das Nutellabrot in den Mund und stellte den Teller auf die Spülmaschine.

Nele schoss wie ein Tornado die Treppe runter und stürzte zur Tür.

»Und den Dreck machst du auch weg.«

»Klar, Mama.« Draußen im Flur unterhielt sich Nele mit Flo. Sie lachte, Flo auch.

»Den Boden musst du mit Folie abdecken. Also kauf auch Folie.«

Nele kam in die Küche. Alleine.

»Du wirst abgeholt.« Sie blieb in der Küchentür stehen.

»Ich muss dann.« Ich versuchte, mich an Nele vorbeizuquetschen.

»Moment mal.« Meine Mutter hörte auf, den Tisch abzuwischen. »Wer holt dich denn ab?«

»Flo«, sagte Nele und machte sich im Türrahmen noch breiter.

»Wie, Flo?«

»Wir streichen zusammen. Was dagegen?«

Ich stieß Nele zur Seite und riss den Schuhschrank auf. Meine Mutter nervte. Nele nervte. Die Sache mit Flo nervte irgendwie auch. Aber anders als meine Mutter und Nele.

Ich ließ meine Turnschuhe offen und ging schnell nach draußen.

»Hi.« Flo stand auf dem Bürgersteig neben ihrem Fahrrad.

Sie hatte eine irre Sonnenbrille auf. Der breite Rand war gelb-orange getigert und die Gläser blau verspiegelt.

»Fahren wir?« Sie stülpte sich ihren Helm auf den Kopf.

Mit der großen Sonnenbrille und den vielen Haaren, die unter ihrem Helm rausquollen, sah sie aus wie ein durchgeknalltes Huhn.

Ich stieg schnell auf das Rad meines Vaters. »Worauf wartest du?«, fragte ich und fuhr einfach los.

Die Fahrt zum Baumarkt dauerte nur zehn Minuten.

Wir schlossen die Fahrräder auf dem Parkplatz an einer Laterne zusammen und gingen zu den Einkaufswagen. Ich drückte gerade einen Euro in den Schlitz, als wir beide gleichzeitig sagten: »Erst mal zur Farbe, oder?«

Da schrie Flo plötzlich »Chips-Cola! Chips-Cola! Chips-Cola!« und hüpfte dabei auf und ab. Ihre Haare flogen wild um ihren Kopf, die blauen Gläser der Sonnenbrille blitzten.

»Flo? Alles klar?«

»Chaka, sag ich da nur.« Flo hörte auf zu hüpfen und pustete sich die Haare aus dem Gesicht. »Du kannst den Kram gleich hier kaufen.«

»Klar, dazu sind wir ja hier: um einzukaufen. Farbe, Folie. Du erinnerst dich?«

»Nicht Farbe. Chips und Cola! Haben sie an der Kasse.«

»Chips und Cola, wozu?«

»Sag bloß, du kennst das nicht?«

»Was kenn ich nicht?«

»Na, wenn zwei das Gleiche sagen. Und wer dann als Erster ›Chips-Cola‹ sagt, der bekommt die vom anderen.«

»Hä? Was soll das sein? Ein Kindergartenspiel?«

Flo zog mit einem Ruck den Einkaufswagen aus dem Abstellhäuschen. »Das sagst du nur, weil du verloren hast.«

»Ich hab vielleicht gar nicht mitgespielt?«

»Das gilt nicht. Außerdem spiel ich das sonst immer mit Patti. Und da verlier ich übertrieben oft. Aber jetzt – tada – hab ich gewonnen.«

Sie setzte sich vorn auf den Wagen. »Los geht's! Ich weiß, wo die Farbe steht.«

Ich schob den Wagen durch die Eingangstür.

»Dahinten beim zweiten Regal müssen wir rechts rein.«

»Alles klar.« Ich nahm Tempo auf und düste am zweiten Regal vorbei.

»He, was machst du? Da rein!«

»Sind wir vorbei?« Ich bremste so abrupt, dass Flo nach vorn nickte. »Ich wende schnell.« Ich verpasste dem Wagen ordentlich Spin, sodass er sich einmal um die eigene Achse drehte, bevor ich ihn stoppte.

»Spinnst du?« Flo klammerte sich an das Gitter unter ihrem Po.

»Chips-Cola? Ich glaub, du spinnst.« Ich raste den Gang zurück und legte mich dann elegant in die Rechtskurve. Wir rammten den großen Karton mit den Farbrollen, der genau auf der Ecke stand. Flo kreischte. Ich bekam den Wagen wieder unter Kontrolle und hielt genau vor den Farbeimern.

Vom anderen Ende des Ganges kam eine Verkäuferin auf uns zugestürzt. Sie hatte kurze, stachelige, rot gefärbte Haare – eigentlich waren sie eher orange.

»Das ist hier kein Spielplatz.«

»Wir wollen Farbe kaufen«, sagte Flo und kletterte vom Wagen.

»Ja klar. Und ich bin der Osterhase.«

Flo legte den Kopf schief und schob sich die Sonnenbrille in die Haare. »Also, ehrlich gesagt sehen Sie eher aus …«

Schnell sagte ich: »Wir brauchen weiße Wandfarbe. Aber gute. Mein Zimmer ist blau, wissen Sie, und das geht gar nicht. Wir wollen es weiß streichen.«

Die orange Frau guckte mich aus zusammengekniffenen Augen an, dann klopfte sie auf einen Stapel Farbeimer. »Nehmt die hier. Ist zwar teurer, aber mit der billigen müsst ihr dreimal drüberstreichen. Da kommt die hier billiger.«

»Danke. Und Abdeckfolie?«

»Einen Gang weiter.«

Die orangene Frau verschwand den Gang runter.

Flo hockte schon vor dem Farbeimerstapel.

»Du wolltest ihr jetzt nicht wirklich sagen, dass sie aussieht wie Pumuckel, oder?«, fragte ich sie.

Flo rümpfte die Nase. »Quatsch.«

Ich hievte einen Eimer vom Stapel. »Dann ist ja gut.«

Flo ging zu den billigen Farbeimern auf der anderen Seite des Ganges und studierte die Preisschilder. »Weißt du, ich kenn mich aus mit Rothaarigen.«

»Ach, echt?«

»Genau. Das war doch nicht Pumuckel, gerade. Hast du nicht die Schweinsnase und die Punkte gesehen?«

»Hä? Welche Punkte?«

»Das war eindeutig das Sams. Nicht Pumuckel.«

Ich wendete den Wagen. »Sams? Kann man sich da nicht was wünschen?«

»Lieber nicht. Das geht doch immer irgendwie schief.« Flo setzte sich neben der Farbe wieder auf den Wagen.

»Stimmt.«

Im nächsten Gang stand das Sams vor dem Malerkrepp und sortierte Rollen ein.

Flo kicherte. »Obwohl, so ein kleiner Wunsch würde bestimmt gehen.«

»Was ist denn ein kleiner Wunsch?«, fragte ich und warf zwei Pakete Abdeckfolie auf den Wagen.

»Na ja«, sagte Flo ziemlich laut, »dass deine Wand nach dem ersten Mal streichen wirklich weiß wird. Und sich die 43,2 Periode 6 Cent mehr pro gestrichenem Quadratmeter *wirklich* auszahlen.«

Das Sams drehte sich zu uns um, in jeder Hand eine Rolle Malerkrepp.

»Jetzt werd mal nicht unverschämt.«

»Ich hab nur nachgerechnet.«

»Von wegen nachgerechnet, Fräulein!« Das Sams kam jetzt auf uns zu.

Schnell wendete ich den Wagen. »Lass uns gehen, Flo. Wir haben alles, was wir brauchen.«

Aber Flo sprang vom Wagen. »Rechnen Sie doch mal selbst nach. Dann werden Sie sehen, dass das stimmt.«

»Flo!« Ich packte Flo am Arm und ging Richtung Kasse. Mit der einen Hand schob ich den Wagen, mit der anderen zog ich Flo hinter mir her, die dem Sams irgendwas mit Quadratmetern und dreifach zurief.

Erst an der Kasse gab Flo ihren Widerstand auf und stellte sich neben mich. Ich ließ sie los, obwohl es sich gut angefühlt hatte, ihr Arm in meiner Hand.

»Sorry«, sagte sie und legte die Abdeckfolie aufs Band. »Aber bei Mathesachen …«

»... drehst du ein bisschen durch.« Ich schmiss noch eine Tüte Chips dazu und holte eine Cola aus dem Kühlschrank neben der Kasse.

»Ich dreh nicht durch! Ich …«

»Ich mag's«, sagte ich. Und das stimmte. Weil es genau wie bei mir mit dem Lesen war. Nur umgekehrt irgendwie. Sie drehte durch, weil sie ein Genie war. Ich, weil ich der absolute Versager war.

»Echt?«, fragte Flo.

»Klar.«

»Macht 45 Euro 43«, sagte die Frau an der Kasse.

»Komma 2 Periode 6«, flüsterte ich und kicherte.

»Lach nicht«, sagte Flo und stieß mich mit der Schulter an. Dann lachte sie auch.

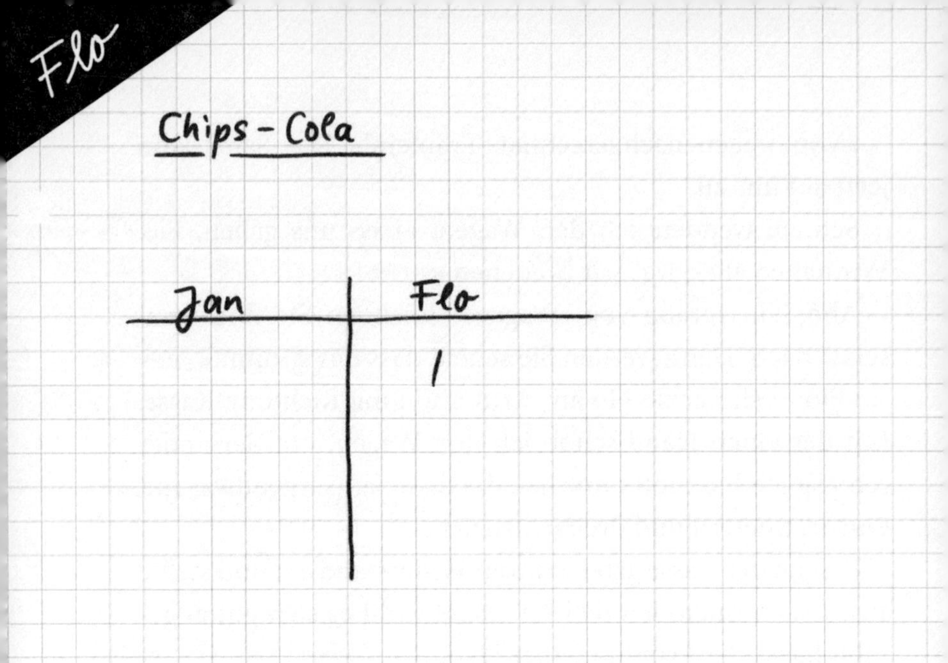

Jan

Und dann stand Flo mitten in meinem Zimmer. In einer abgeschnittenen Jeans, einem Top, so orangerot wie ihre Haare, und einer dreckig weißen Kappe auf dem Kopf.

»Das ist ein ziemlich blaues Blau«, sagte sie und zog ihre Kappe ein bisschen tiefer in die Stirn.

»Ähm, ja, irgendwie schon.« Ich schaute mich schnell in meinem Zimmer um. Heute Morgen war ich zu knapp dran gewesen, um noch aufzuräumen. Wenigstens lagen keine alten Unterhosen oder Stinkesocken rum.

»Wow! Sind das alles deine?« Flo hob einen Pokal aus dem Regal.

»Sammelt sich halt so an.« Schnell nahm ich den rosa Hasen von der anderen Seite des Regalbrettes. Der ist total hässlich. Aber er ist mein Glücksbringer. Nele hatte ihn mir zu meinem ersten Wettkampf geschenkt. Bestimmt wollte sie ihn damals einfach nur loswerden. Aber mir bringt das Viech Glück. Immer.

Ich schob den Hasen unter die Bettdecke. »Am besten räumen wir alles aufs Bett.«

»Wie lange schwimmst du schon?«, fragte Flo. »Ich mein, so richtig, mit Wettkampf und allem.«

Ich musste an den rosa Hasen unter der Bettdecke denken. »Seit sechs Jahren.«

»Da warst du dann sechs oder so?«

»Sieben.«

»Aha. Du bist ein Jahr älter als ich.« Sie schwieg kurz und drehte eine Medaille hin und her. »Hängen geblieben?«, fragte sie dann.

Und ich hatte gedacht, der rosa Hase wäre peinlich. Das hier war tausendmal schlimmer, und keine Bettdecke der Welt konnte mich retten.

»Hm, ja«, murmelte ich und starrte dabei auf die Pokale, die mittlerweile alle auf meinem Bett lagen.

»Wie Linus«, sagte Flo, und etwas Hartes, Stacheliges drehte sich in meiner Brust um. »Der ist letztes Jahr in unsere Klasse gekommen.«

Ich schmiss den Ordner mit den Urkunden aufs Bett. »Du warst mit ihm zusammen, oder?«

»Er war richtig nett zu mir, weißt du?« Flo legte die Medaille auf mein Kopfkissen und zog das Band glatt. »Meine

Mutter war gerade umgezogen und ich war schlecht drauf und er … keine Ahnung.«

Sie strich noch einmal mit dem Finger über das Band. »Ist er wirklich so gut?«

»Wer?«

»Na, Linus. Beim Schwimmen. Behauptet immer, er sei der Beste.«

»Ich bin besser.« Angeben war ja eigentlich was für Idioten. Aber gerade tat es richtig gut.

Flo schaute mich lange an. »Okay«, sagte sie dann.

Mann, war mir warm. Schnell riss ich beide Fenster auf.

Wir hatten gerade das Regal mitten in den Raum geschoben und die Abdeckfolie mit Krepp an der Fußleiste festgeklebt, als meine Mutter zum Essen rief.

»Isst du mit, Florentine?«, fragte sie, als wir die Treppe runterkamen.

»Ich weiß nicht, also …«

»Wir haben jede Menge Reste von gestern.« Meine Mutter stellte eine große Schüssel Nudelsalat auf den Tisch. »Du solltest uns also auf jeden Fall helfen.«

»Okay …«

»Musst du drüben Bescheid sagen?«

Flo schüttelte den Kopf. »Mein Vater ist heute in der Stadt unterwegs.«

»Na, dann.« Meine Mutter stellte noch einen Teller auf den Tisch. »Du kannst dich da neben Jan setzen.«

»Dann sitzt du nämlich auch neben mir, Flo.« Tobi saß schon auf seinem Platz, die Ketchupflasche im Anschlag.

»Das ist super«, sagte Flo.

Sie hatte so was von keine Ahnung.

Es fing damit an, dass Tobi sich Ketchup auf den Teller drückte, dabei aber Flo anstrahlte. Deshalb traf er den Teller nicht. Aber den Tisch, und der Rest tropfte auf seine Hose, auf den Stuhl und von da aus auf den Boden.

Meine Mutter sagte erst: »Mensch, Tobi!« und dann: »Machst du das mal bitte?«, zu mir, weil sie gerade Steaks in der Pfanne wendete.

Also wischte ich erst mal das Ketchup weg. Am Bein war Tobi kitzelig. Er kicherte und zappelte und stieß dabei seinen Plastikbecher um. Diesmal traf es Flos Bein.

»Ist ja nur Wasser«, sagte sie und rollte sich ein Stück vom Küchenpapier ab, das eh noch auf dem Tisch stand.

»Wo ist eigentlich Nele?« Meine Mutter stellte die Pfanne mit den Steaks auf den Tisch.

»Die schläft noch«, sagte Tobi. Dann tippte er mit einem Finger Flo an. »Kannst du dir das vorstellen? Die liegt noch im Bett, dabei essen wir schon zu Mittag.«

Flo riss die Augen auf. »Unglaublich.«

Tobi nickte ernst. »Aber echt.« Er spießte sich mit seiner Gabel das größte Steak in der Pfanne auf und ließ es auf seinen Teller plumpsen. Fett spritzte nach allen Seiten und besprenkelte Flos oranges Top.

»Danke, dass du mir auch was abgibst«, sagte sie und knuffte ihn mit dem Ellbogen. Tobi kapierte den Witz nur leider mal wieder nicht.

»Du kannst ein ganz eigenes haben«, sagte er und spießte seine Kindergabel in das nächste Steak.

Ich beugte mich schnell über den Tisch und hielt Tobis Hand fest.

»Flo nimmt sich selbst, Tobi«, sagte ich und versuchte, ihm vorsichtig die Gabel aus der Hand zu ziehen.

Tobi umklammerte die Gabel. »Ich geb Flo das Fleisch.«

»Das spritzt, Tobi. Du hast schon Flos Shirt voller Flecken gemacht.«

»Hab ich gar nicht.«

»Doch, jetzt lass los, ich mach das.«

»Aua, auaah! Du zerquetschst meine Hand.«

Und genau als Tobi sich exakt zwei Tränchen aus dem Auge quetschte, ploppte meine Mutter auf. Sie hatte auf ihrem Handy diese fiese App gestartet, mit der sie Nele das WLAN blockieren konnte, und hatte deswegen nichts mitgekriegt.

»Jan, verdammt, was soll das schon wieder?«

War ja klar.

»Tobi lässt die Steaks fallen und dann …«

»Ich will Flo das Steak geben.« Tränenmäßig war Tobi jetzt richtig in Fahrt. Auch der Rotz kam schon. »Aua!«

»Jan, jetzt lass ihn endlich los!«

»Okay, wie du willst.«

Ich ließ Tobi los. Mit einem Ruck sauste Tobis Hand samt Gabel und Steak in die Pfanne. Das Fett war wirklich überall.

»Sag mal Jan, das ist jetzt nicht dein Ernst, oder? Du weißt genau, dass …«

In dem Moment schrie Nele von oben. Zum Glück. Ich glaube, sonst wär ich ausgerastet.

Nele schrie: »Ich hab Ferien, verdammt. Ich bleib so lang im Bett, wie ich Bock hab. Mir reicht es schon, dass Tobi mitten in der Nacht aufsteht und Jan, der Vollidiot, wie ein Elefant in seinem Zimmer rumtobt. Also mach das WLAN wieder an, klar?«

Meine Mutter schob den Stuhl zurück. Sie war schon aus der Tür, da kam sie noch mal zurück. »Tut mir leid«, sagte sie zu Flo. »Ist nicht immer so bei uns.«

Ich wollte gerade sagen: »Und ob«, da meinte Flo: »Oh, alles gut«, und lächelte mich dabei an.

Da sagte ich lieber gar nichts mehr.

Der Rest des Essens verlief unspektakulär. Tobi schmiss noch einmal seinen Becher um. Nele kam nach zehn Minuten im Schlafshirt die Treppe runter und wurde richtig nett, sobald sie Flo gesehen hatte. Erst ganz am Ende, als Tobis Gesicht schon komplett mit Ketchup verschmiert war, als Nele endlich richtig wach war und sich mit Flo unterhielt und ich Flo deshalb ganz in Ruhe anschauen konnte, legte meine Mutter vollkommen unerwartet ein Streichholz an die Zündschnur einer Riesenbombe.

Sie fing an mit »Wie lief es eigentlich am Dienstag? Du hast gar nichts erzählt«.

»Dienstag?« Ich hatte gar nicht richtig zugehört. In Flos Ohrläppchen hatte ich winzige goldene Hühner entdeckt, mit einem glitzernden Stein als Auge.

»Na, bei Frau Papendick.«

»Gut. Richtig gut«, sagte ich schnell. Auf keinen Fall wollte ich, dass meine Mutter weiterredete. Noch hatte Flo nichts mitgekriegt.

Aber meine Mutter war natürlich noch nicht fertig.

»Also kommst du mit ihr zurecht?«

»Wer ist die Frau Papen-Dingsbums?«, fragte da Tobi laut.

Nele und Flo hörten plötzlich auf, sich zu unterhalten. Kurz war es ganz still, aber dann meinte Nele: »So was wie Jans Personal Trainer. Was hältst du von Eis zum Nachtisch, Tobi?«

Tobi sprang auf und rannte die Kellertreppe runter, zur Tiefkühltruhe.

Ich starrte das fremde Wesen an, das mir gegenüber am Tisch saß und aussah wie Nele. War sie, während ich Flos Hühner-Ohrringe bestaunt hatte, durch einen Alien ersetzt worden? Und so zur Superschwester mutiert?

Aber da sagte sie: »Mach den Mund zu, Janni, du siehst so was von dämlich aus.«

Flo kicherte.

Also kein Alien. Nur Nele. Aber in nett.

Nachmittags lag ich unter unserem alten, winzigen Sonnenschirm und zockte Clash Royal, aber irgendwie war es selbst dazu zu heiß. Flo war beim Geigenunterricht. Und alle anderen waren zum Badesee gefahren.

»Kommst du nicht mit?«, hatte Tobi gefragt und beleidigt die Unterlippe vorgeschoben.

»Nee, lass mal.« Bestimmt war Linus da. Wo er schon unter der Woche nicht durfte.

Also schwitzte ich lieber auf der Terrasse vor mich hin und verlor einen Kampf nach dem anderen.

Ich sah gerade zu, wie mein Königsturm zum vierten Mal zerstört wurde, da quietschte das Gartentörchen, und Flo stand da.

Sie trug nur ein langes T-Shirt und ich konnte die grünen Bänder ihres Bikinis erkennen.

»Ich denke, du bist beim Geigen?« Ich angelte mein Shirt vom Boden.

»War ich ja auch. Hab mich aber schon mal umgezogen.« Flo steckte sich die irre Sonnenbrille in die Haare.

»Badesee?«

»Nein, streichen.«

»Du willst jetzt streichen? Bei 40 Grad im Schatten?«

»Es sind keine 40 Grad im Schatten.«

»39,9 Periode 6?«

»Du nervst echt.« Sie kam auf die Terrasse. »Später hab ich keine Zeit mehr. Denk ich jedenfalls. Meine Mutter kommt doch noch.«

»Echt?«

»Ja. Sie hat eben angerufen.«

»Dann streichen wir.«

Wir arbeiteten von zwei Seiten aufeinander zu: Flo von rechts Richtung Mitte, ich von links. Flo sagte lange nichts. Also schwieg ich auch. Vorsichtshalber.

Als nur noch ein schmaler Streifen Blau zwischen uns blieb, fragte mich Flo: »Weshalb bist du eigentlich sitzen geblieben?«

Im Nachhinein gesehen wäre das jetzt der beste Zeitpunkt gewesen, um es ihr zu sagen. Dass ich ihr Buch nur hatte lesen können, weil es so viele Grafiken und so wenig Text hatte. Dass ich für eine normale Buchseite viermal so lang brauchte wie sie. Mindestens. Und dass meine Rechtschreibung eine kleine Katastrophe war.

Aber das wäre so gewesen, als hätte ich freiwillig den allerpeinlichsten Clip online gestellt, den meine Kumpels von mir gedreht hatten – wie ich zum Beispiel auf der Kirmes vom Breakdancer getorkelt komme und erst mal hinters Verkaufshäuschen kotze.

Oder noch schlimmer: Dieses Filmchen, gedreht von meiner Mutter, als ich noch klein war. Und nackt.

Also antwortete ich nur: »Deutsch.« Mehr nicht. Und schob schnell hinterher: »Dafür bist du in Mathe der totale Überflieger, oder?«

Flo tauchte ihre Farbwalze in den Farbeimer und rollte sie übers Abstrichsieb. Sie stellte sich auf die Zehenspitzen, um mit der Rolle ganz nach oben zu kommen. Dabei rutschte ihr T-Shirt hoch, sodass ich ein kleines Stückchen ihrer Bikinihose sehen konnte. Erst als sie die ganze Bahn hinuntergewalzt hatte und sich hinhockte, um an der Fußleiste das letzte Stück nachzurollen, sagte sie: »Glaub mir, das kann auch ziemlich scheiße sein.«

Ich musste an die letzte Stunde bei Mister Pi denken. Vielleicht war über Mathe zu reden für sie ähnlich unangenehm wie für mich, die Sache mit dem Lesen zu erklären. Deshalb fragte ich sie nichts mehr, sondern nahm meine Rolle und walzte ihr Bein hoch, vom Knöchel bis zum Knie.

»Sag mal, spinnst du?« Sie starrte mich wütend an, aber dann erwischte sie mich blitzschnell mit ihrer Rolle am

Arm. Hinterher war schwer zu sagen, wer mehr Farbe abbekommen hatte. Wir waren beide ziemlich weiß.

»Oh Mist.« Flo legte die Farbwalze weg. »Ich seh ziemlich krass aus.« Sie rubbelte an den Farbklecksen an ihren Beinen.

»Stimmt.«

»Hoffentlich geht das irgendwie wieder ab.«

»Klar«, sagte ich, obwohl ich mir da gar nicht so sicher war. Mit spitzen Fingern fischte ich mein Handy aus der Hosentasche und machte ein Foto von Flo.

»Was machst du da?«

»Ein Foto von dir mit Farbe.«

»Mach das sofort weg.«

»Die Farbe?«

»Das Foto.« Flo grabschte nach meinem Handy. Sofort war das Display mit Farbe verschmiert.

»Sag mal, spinnst du?«

»Gib's her!« Flo umklammerte mit einer Hand meinen Arm. Mit der anderen zerrte sie an dem Handy.

Ich ließ los.

»Hast du's schon verschickt?« Flo wischte hektisch an meinem Handy rum. Das Display verschmierte immer mehr.

»Quatsch.«

»Oder hochgeladen?«

»Du weißt schon, dass du gerade mein Handy schrottest?«

Flo hörte auf, durch meine Apps zu scrollen. »Oh, Mist.« Sie nahm einen Zipfel ihres T-Shirts und rubbelte damit auf dem Display rum. Sie schniefte.

»Gib mal.« Ich nahm mein Handy und öffnete die Fotos. Das Foto von Flo war toll. Sie lachte und hatte einen fetten, weißen Fleck mitten auf der Nase. Ich hielt Flo das Foto hin. »Ich lösch es, okay?« Das Foto verschwand.

Ich warf das Handy aufs Bett und legte die Walzen und das Abstrichsieb auf die kleine Farbwanne. Dann drückte ich den Deckel auf den Farbeimer. Dann holte ich noch einen Lappen aus dem Bad und wischte Farbkleckse vom Fensterbrett, von der Schreibtischschublade und vom Schrank. Bei unserem Farbwalzenkampf hatten wir an der Abdeckfolie vorbei die andere Zimmerhälfte gesprenkelt. Dann war eigentlich nichts mehr zu tun.

Flo schwieg immer noch. Ich stellte mich ans Fenster und schaute zu ihrem Hühnerstall rüber. Nur Vicki war im Außenbereich. Wahrscheinlich plante sie gerade ihren nächsten Ausbruch.

»Es ist wegen Linus«, sagte Flo endlich und knibbelte Farbe von ihrem Arm.

Mir fiel wieder ein, was Fabi gesagt hatte. »Er hat Fotos von dir verschickt?«

Sie nickte. »Keine schlimmen. Aber trotzdem. Er hat mich nicht gefragt. Nicht beim Fotografieren und auch nicht beim Verschicken.«

»Okay.« Mit meinem dicken Zeh verwischte ich einen Farbklecks auf der Abdeckfolie.

»Er hat einfach nicht kapiert, warum ich das schlimm fand. Mein Vater hat es mitgekriegt, sich tierisch aufgeregt und bei Linus zu Hause angerufen. Deswegen ist Linus dann ziemlich ausgeflippt und na ja, das war's dann.«

»Ich hab das Foto nur für mich gemacht. Und für dich.«

»Ich weiß. Tut mir leid.«

»Schon okay. Ich hätte fragen sollen.«

Wir lächelten uns an. So lange, dass es schon ein bisschen komisch wurde. Aber schön komisch.

Flo guckte als Erste weg. »Wie viel Uhr ist es eigentlich?«

Ich tippte auf mein Handy. »Halb sieben.«

»Ich muss irgendwie sauber werden. Meine Mutter kommt gleich.«

Ich schaute aus dem Fenster runter in den Garten.

»Komm mit«, sagte ich dann.

Auf Tobis Planschbecken hatte den ganzen Nachmittag die Sonne geschienen. Jetzt stand es zwar im Schatten, aber das Wasser war pisswarm. Jede Menge Gras, Blätter und tote Bienen schwammen darin. Nele wär in tausend Jahren nicht in die dreckige, warme Brühe gestiegen. Aber Flo zog in einem Schwups ihr T-Shirt aus, nahm Anlauf und sprang einfach rein. Das Wasser ging einem eh nur bis kurz unters Knie.

Ich sprang hinterher. Hoffentlich hatte Tobi nicht reingepinkelt.

Flo hatte sich hingesetzt und rubbelte an ihren Beinen die Farbe ab. Das Wasser schwappte über ihrem Bauchnabel und dem Sommersprossenherz hin und her. Langsam wurde es um sie herum weiß. »Was ist?«, fragte Flo.

»Nichts.«

Sie griff nach mir. »Dann setz dich.« Mit einem Ruck zog sie an meinem Arm.

Ich stolperte vorwärts, auf sie zu, rutschte auf dem glitschigen Boden des Planschbeckens aus und landete halb im Wasser. Halb auf Flo. Meine Nase donnerte auf ihren Kopf, Tränen schossen mir in die Augen. Ich blinzelte.

»Scheiße.« Flo rieb sich den Kopf. »Das hatte ich anders geplant.«

Ich betastete meine Nase.

»Alles klar bei dir?«, fragte Flo. Sie drehte sich zu mir. Ihre Beine berührten meine.

»Glaub schon«, sagte ich.

»Lass mal sehen!«

Ich konnte ihre Fingerspitzen kaum spüren. So vorsichtig strichen sie meine Nase entlang. Trotzdem fing sie an zu kribbeln.

»Tut mir leid«, sagte Flo und ihre Hände waren weg. »Das war bescheuert.«

»Nicht schlimm«, sagte ich und schaute sie an. Ihr Gesicht war so nah, dass ich die einzelnen Härchen ihrer hellen Augenbrauen sehen konnte. »Gar nicht schlimm.«

Und dann kam der Fastkuss. Und es gibt ja wohl nichts Peinlicheres als einen Fastkuss. Und danach, wenn er vorbei ist, ist er noch tausendmal peinlicher. Es ist wie unter Wasser sein, genau in dem Moment, wo die Luft knapp wird, und du weißt: Du musst hoch. Jetzt. Aber du kannst nicht.

Als Tobi, Nele, meine Mutter und mein Vater vom Badesee zurückkamen, saß ich immer noch im Wasser. Meine Nase prickelte. Und meine Wange. Da, wo Flos Wange an meiner entlanggerutscht war.

»Warum sitzt du im Planschbecken?«, fragte Nele.

»Was hast du denn mit dem Wasser gemacht? Das ist ja ganz weiß«, sagte meine Mutter.

»Ist noch was von dem Eis da, Janni? Von dem mit Schokolade?«, fragte Tobi.

»Hat mein Kollege angerufen? Der wollte sich eigentlich noch melden«, sagte mein Vater.

»Keine Ahnung«, sagte ich und stand auf. Sofort fing meine Nase an zu puckern. »Echt keine Ahnung.«

Versagen

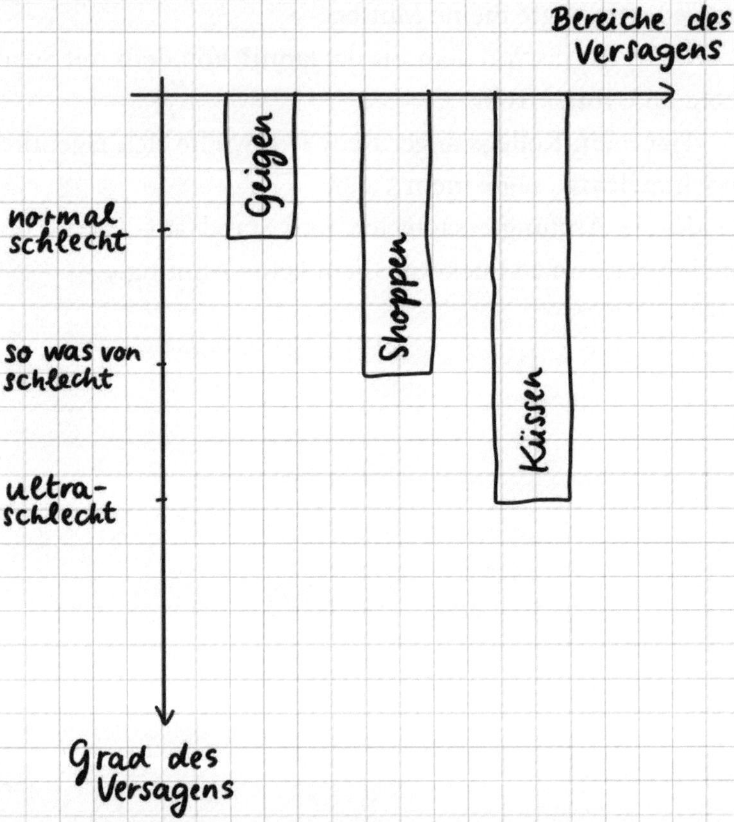
Bereiche des Versagens
Geigen
Shoppen
Küssen
normal schlecht
so was von schlecht
ultra-schlecht
Grad des Versagens

Jan

Am Sonntag lag ich den ganzen Vormittag auf meinem Bett und starrte die frisch gestrichene weiße Wand an.

Zum Glück rief irgendwann Fabi an. Sonst wäre ich vor Langeweile gestorben. Und weil mindestens tausend Ameisen in mir unterwegs waren.

»Sonntag ist freies Training«, sagte er. »Und ich geh eigentlich immer. Kommst du mit?«

Wir schwammen mehr als eine Stunde. Als ich mich aus dem Wasser stemmte, war mir ein bisschen schlecht. Vor Erschöpfung. Und vor Hunger.

»Sollen wir noch zu mir?« Fabi stopfte nach dem Duschen sein Handtuch in den Rucksack. »Wir könnten Pizza bestellen und ein bisschen Fifa zocken.«

Mein Magen knurrte laut in der leeren Umkleide. Fabi lachte.

»Pizza klingt gut«, sagte ich.

Fabi hatte gerade seine Playstation gestartet, als sein großer Bruder ins Wohnzimmer platzte.

»Hey, ihr Zwerge, wollt ihr Pizza?«, fragte er.

Mir war sofort klar, warum Linus Fabi in Ruhe ließ. Henri war bestimmt zwei Meter groß, hatte einen Ring durch die Augenbraue und einen Ziegenbart am Kinn.

»Endlich!« Fabi riss ihm den Flyer vom Pizzadienst aus der Hand. »Hab schon gedacht, du kommst gar nicht mehr.«

Wir hatten auf Henri warten müssen. Fabis Eltern waren unterwegs und hatten Henri das Pizzageld zugesteckt.

»Ich nehm die 8.« Fabi hielt mir den Flyer hin. »Ist meine Lieblingspizza: Funghi.«

Leider mochte ich definitiv keine Pilze. Sonst hätte ich einfach das Gleiche wie Fabi nehmen können.

Ich klappte den Flyer auf. Das hier war nicht so schwer wie die Sache an der Badesee-Bude. Der Flyer war ja schließlich gedruckt.

Fabi hatte sich schon wieder den Controller geschnappt, aber Henri beobachtete mich. Ich starrte in den Flyer, ohne wirklich was zu lesen.

»Ich nehme …«

»Nimm die 13«, sagte da Henri, »das ist die Beste.«

Ich tat so, als checkte ich die Zutaten von der 13 ab. »Klingt super.« Ich klappte den Flyer zu und hielt ihn Henri hin. »Nehm ich auch.«

»Gute Wahl.« Henri verschwand wieder.

Ich hasse die Verhandlungen bei Fifa. Zu viel Text. Aber Fabi wollte unbedingt. Ich ließ ihn machen und sagte nur hin und wieder »Weiß nicht« oder »Okay«. Wir waren gerade mitten in den Vertragsverhandlungen für Sandro Wagner, da kam Fabis Bruder wieder, drei Pizzakartons in den Händen. Er stellte die Kartons auf den Couchtisch.

»Wieso kauft ihr den denn? Der ist doch viel zu …«

»Tu nicht so, als hättest du irgendwie Ahnung.« Fabi klappte seinen Karton auf und atmete übertrieben ein. »Ah! Ich liebe Pizza Funghi!«

»Das ist mein Spiel, Zwerg. Also schön brav sein.« Henri klapste Fabi auf den Hinterkopf.

Ich machte meinen Pizzakarton auf. »Meeresfrüchte?«, rutschte mir raus.

»Geil, oder? Außer mir isst die in dem Laden hier keiner.«

»Aha.« Ich musste das Gesicht verzogen haben, denn Henri fragte: »Du magst doch Meeresfrüchte, oder? Die 13 ist immer Meeresfrüchte.«

»Muss mich wohl verlesen haben.«

»Verlesen?« Henri klappte seinen Pizzakarton auf. Dann sah er mich an. »Wir können tauschen. Mir war heute eigentlich eher nach Schinken, aber bevor du verhungerst.«

Er tauschte die Kartons.

»Danke«, sagte ich. Ich traute mich nicht, ihn anzugucken.

»Habt ihr's endlich?«, nuschelte Fabi mit vollem Mund.

»Klar.« Ich schielte vorsichtig zur Tür, durch die Henri gerade verschwand.

Wir aßen die Pizzen und waren gerade mitten im ersten Spiel, da bingelte Fabis Handy. Er legte den Controller weg, las die Nachricht, grinste und antwortete. Dann starrte er sein Handy an und wartete.

»Spiel weiter, Mann!« Wir hatten gerade ein Gegentor reingekriegt.

»Gleich.« Er schrieb schon wieder.

»Jetzt! Mach endlich!« Der nächste Angriff lief schon. Fabi antwortete nicht. Ich riss ihm sein Handy aus der Hand.

»Ey!« Fabi schlug nach mir, erwischte mich aber nur an der Schulter. Ich erkannte das Profilbild sofort. Kurze, stachelige, blonde Haare. »Patti? Du schreibst mit Patti? Deswegen verlieren wir hier gerade?«

Ich ließ das Handy auf den Couchtisch fallen.

»Na und?« Fabi steckte schnell sein Handy weg. Er war rot im Gesicht. So richtig. »Dafür radelst du wie ein Idiot jeden Tag hinter Flo her.«

»Die wohnt bei uns. Schon vergessen?«

»Ja klar. Und sie kann nicht alleine nach Hause fahren oder wie?«

Ich sagte lieber nichts mehr. Morgen würden Flo und ich auf jeden Fall zusammen zur Schule fahren. Und wieder zurück. Bei dem Gedanken daran wurde mir ziemlich warm.

»Oh, Mist!« Fabi schnappte sich den Controller. »Es steht schon 0:2! Warum sagst du denn nichts?«

»Hab ich doch, aber du musstest ja …«

»Sei still, du Idiot. Spiel lieber.«

»Selber Idiot.«

Wir drehten das Spiel noch. 3:2. Immerhin.

Wann Zeit viel zu langsam vergeht

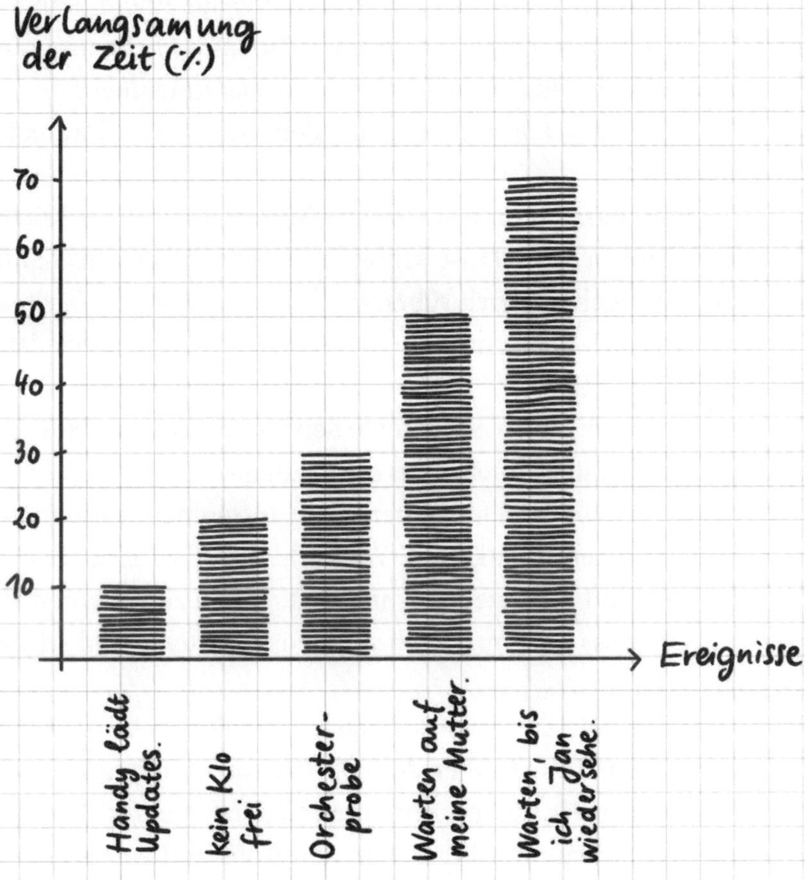

Jan

Als ich abends heimkam, stand Tobi in Unterhose im Flur. »Flos Mama ist da«, sagte er und hüpfte auf einem Bein.

Ich schmiss meine Schwimmtasche in die Ecke und ging in die Küche. Ich brauchte dringend was zu trinken.

»Ich weiß.« Ich setzte die Sprudelflasche an und trank sie halb leer.

»Gut, dass du da bist.« Meine Mutter kam in die Küche, ließ Tobi in seine Hose schlüpfen und zog ihm ein T-Shirt an. »Wir gehen gleich rüber.«

»Wohin?« Ich schraubte die Flasche zu und rülpste laut. Tobi kicherte.

»Zu Feldkamps.« Sie machte den Knopf an Tobis Hose zu. »Sie haben uns auf ein Glas eingeladen.«

Flo. Ich würde Flo wiedersehen. In meiner Brust zog es wie vor einem Wettkampf. Wenn du dich freust, es allen zu zeigen. Und gleichzeitig Schiss hast, es voll zu verhauen.

»Ich muss noch mal.« Ich stürzte ins Gästeklo und schloss ab.

Meine Haare waren noch katastrophaler als sonst. Heute kringelten sie sich über den Ohren, sodass ich aussah wie ein Außerirdischer mit Antennen an den Seiten. Ich klatschte meine Haare mit Wasser an den Kopf und versuchte, sie hinter die Ohren zu schieben.

»Kommst du?« Mein Vater klopfte an die Tür.

»Gleich!« Auf der Pizza war eigentlich kein Knoblauch gewesen. Ich gurgelte trotzdem schnell noch mit Wasser. Sicherheitshalber.

Meine Eltern und Tobi warteten schon vor Flos Haustür, als ich rauskam.

»Wo ist Nele?«, fragte ich.

»Im Kino«, sagte meine Mutter und klingelte.

Das war gut. Wenn Nele nicht dabei war, fielen schon mal die ganzen peinlichen Kommentare weg.

Flos Mutter öffnete die Tür. Ich hatte immer gedacht, dass meine Mutter sich verrückt anzog. Aber im Vergleich zu Flos Mutter war meine ein echter Normalo.

Das Kleid von Flos Mutter war aus glänzendem Stoff und mit Früchten bedruckt. Erdbeeren. Bananen. Melonen.

»Come in, come in«, sagte sie.

»Hallo, Frau Feldkamp.« Mein Vater hielt ihr die Hand hin.

»Ach, Quatsch!« Sie nahm meinen Vater bei den Schultern, stellte sich auf die Zehenspitzen und küsste ihn rechts, links, rechts auf die Wangen. »Ich bin Becki.«

»Markus.« Mein Vater war tatsächlich ein bisschen rot geworden.

»Tolles Kleid«, sagte meine Mutter und holte sich die Küsschen ab.

»Ja, oder?« Flos Mutter schob einen Träger auf der Schulter zurecht. »Immer diese Hosenanzüge und Kostüme im Büro. Da ist es am Wochenende je bunter umso besser.«

Tobi quetschte sich nach vorn. »Hallo«, sagte er und starrte das Kleid an. »Gehst du als Obstsalat?«

Hinten im Flur kicherte Flo.

Super gelaufen.

Echt.

Flo hatte auch ein Kleid an. Aber ohne Obst oder so. Einfach nur blau. Sie sah damit älter aus. Erwachsen. Ich tastete nach meinen Haarantennen und schob sie wieder hinter die Ohren.

Wir hatten uns auf die Wiese vor den Hühnerstall gesetzt, einen Teller belegter Toastbrote zwischen uns. Flos Mutter hatte darauf bestanden, dass es Sandwiches waren. Sie hatte das Rezept dafür von einer Kollegin.

Tobi war im Hühnerstall verschwunden und suchte Eier.

»Warum ist deine Mutter eigentlich in London?«, fragte ich und biss in ein Brot. Sandwich hin, Sandwich her, es war mit Thunfisch und schmeckte super.

»Arbeit. Leider. So ein Investmentdings. Erst hat sie es mit Homeoffice versucht. Aber das hat irgendwie nicht geklappt.«

Flo klappte ihr Brot auf und fischte eine Gürkchenscheibe raus. »Außerdem glaube ich, dass sie einfach scharf auf London war. Ich sag nur: Obstsalatkleid.«

Ich schaute zum Terrassentisch rüber. Flos Vater machte gerade die zweite Flasche Wein auf. Lief also prächtig.

»Wie ist die Wand geworden?«, fragte Flo.

»Schön weiß. Aber mein Zimmer stinkt immer noch nach Farbe«, antwortete ich und versuchte, nicht an die Planschbeckensache zu denken. Klappte natürlich gar nicht.

»Gut«, sagte Flo. Sie räusperte sich. »Weißt du, was lustig ist?«

»Was?«

»Komm mal mit.« Flo stand auf und schüttelte sich die Krümel von ihrem Kleid.

Ich lief hinter ihr her über die Terrasse, wo unsere Eltern sich übers Campen unterhielten, durch das Wohnzimmer, die Treppe hoch, durch einen Flur, wo jede Menge Familienfotos hingen, und dann stand ich in Flos Zimmer.

Flo hatte ein ganzes Regalbrett voll mit Zauberwürfeln. Übertrieben abgefahrene Teile, die gar keine Würfel mehr waren, sondern Zylinder, Pyramiden und sonst was. Darüber hingen wild durcheinander Urkunden von Mathe-Olympiaden, Bilder von Hühnern und Fotos von Patti und Flo.

»Wow«, sagte ich und drehte vorsichtig einen von den Zauberwürfeln, der gar kein Würfel war.

»Das Ding heißt Teufelstonne«, sagte Flo. »Ist aber auch nicht viel schwieriger als der Würfel.«

»Ach so.« Ich zog schnell die Hand weg. Meinen Zauberwürfel hatte ich irgendwann einfach auseinandergebaut und wieder richtig zusammengesetzt. Seitdem war er in irgendeiner Schublade verschwunden. Ich war mir sicher, dass Flo das noch nie gemacht hatte. Bestimmt konnte sie jeden einzelnen von diesen komischen Dingern im Schlaf wieder richtig drehen.

»Aber das wollte ich dir gar nicht zeigen, sondern das hier.« Sie griff unter ihr Kopfkissen und zog etwas Rosafarbenes raus. »Ist das nicht cool?«

Es war ein rosa Hase. Er sah haargenau so aus wie mein Glücksbringer, den ich gestern turboschnell hatte verschwinden lassen. Aber wohl nicht schnell genug. Flo hatte ihn trotzdem gesehen.

Ich ließ mich neben sie aufs Bett plumpsen. »Unglaublich«, sagte ich, »dass es so was Hässliches zweimal auf dieser Welt gibt.«

»Ja, oder?« Flo hielt sich den Hasen vors Gesicht. »Du bist wirklich hässlich, aber ich mag dich trotzdem.«

»Du weißt schon, dass diese Hasen Superkräfte haben?«, fragte ich.

Flo schaute zu mir. »Deiner auch?«

»Klar. Ist mein Glücksbringer beim Schwimmen.«

»Meiner hat früher gegen Heimweh geholfen. Jetzt nimmt er hauptsächlich an Mathe-Wettbewerben teil.«

»Er kann rechnen?«

»Sicher. Schließlich kann deiner schwimmen.«

Der Hase saß jetzt zwischen uns auf der Decke. Ich griff danach. Flo auch. Unsere Finger berührten sich im rosa Plüsch. Ich zog meine Hand nicht weg. Flo auch nicht. Mein Herz wummerte, es dröhnte in meinen Ohren.

Ich hatte keine Ahnung, was ich machen sollte. Ein Kussversuch kam keinesfalls infrage. Hand wegziehen auch nicht. Dazu fühlten sich Flos Finger einfach zu gut an.

Plötzlich gackerte es laut von unten und Tobi schrie: »Flo, komm schnell, ich hab eines! Ich hab ein echtes Ei! Und Vicki ist abgehauen!«

Flo drückte ganz kurz meine Hand, bevor sie die Treppe runterraste.

Flo

Pause

Schulhof

Bibliothek

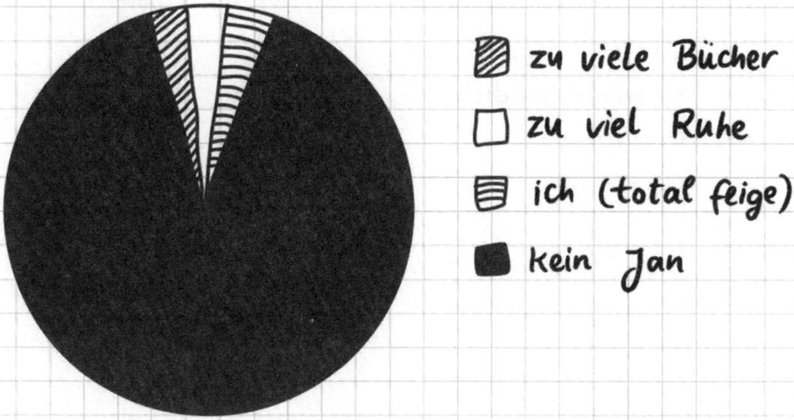

Jan

Am Montag ging dann alles total schief.

Es fing damit an, dass ich ungeduscht zur Schule musste. Weil ich verschlafen hatte.

In der Küche saßen nur noch Tobi und meine Mutter.

»Das wird knapp«, sagte meine Mutter und löffelte ihren komischen Getreidebrei weiter.

»Warum weckst du mich auch nicht?« Schnell kippte ich ein paar Cornflakes und Milch in eine Schüssel.

»Das musst du schon allein schaffen.«

»Auf einmal? Sonst weckst du mich doch immer.«

»Ab heute nicht mehr. Vielleicht lernst du so endlich mal, dir deinen Wecker zu stellen.«

»Ganz toll, Mama. Echt.«

Mit der einen Hand löffelte ich in Supergeschwindigkeit meine Flakes. Mit der anderen Hand drückte ich mir meinen Pony ins Gesicht. Als ich nach dem Aufstehen in den Spiegel geguckt hatte, stand er echt senkrecht nach oben.

»Flo war schon hier.« Tobi grinste. Er hatte einen Kakaobart.

»Mist!«

»Sie wartet auf dich.«

»Und wo?«

Tobi rührte in seinem Kakao und fing an, in der Nase zu bohren.

»Hallo! Erde an Tobi! Wo?«

»Weiß nicht mehr.«

Ich kippte die restlichen Cornflakes mit der Milch runter. Im Gästeklo hielt ich einfach meinen ganzen Kopf unter Wasser, dann war ich weg.

Flo wartete noch am Fahrradständer, obwohl es schon zum ersten Mal geklingelt hatte.

»Hey.« Ich bremste quietschend neben ihr und schloss mein Rad an.

»Du tropfst«, sagte sie und zeigte auf meine Haare, aus denen immer noch das Wasser lief.

Weiter kamen wir nicht. Denn da hielt Linus neben uns. Oder eher: zwischen uns.

Er beugte sich mit seinem Rad dicht zu Flo rüber und zischte: »Du bist mir noch was schuldig.«

Flo machte einen Schritt zurück. »Träum weiter.«

Sie zwinkerte mir zu und ging davon.

Es war schon komisch, diese winzige Bewegung, ein Bruchteil von Sekunden, und mit einem Schlag kribbelte es in mir bis unter die Kopfhaut.

Ich wollte schnell hinterher, aber Linus schnappte meinen Arm und riss mich zurück.

»Hast du ihr das Buch zurückgegeben, du Loser?«

»Du bist doch der Loser.« Ich schubste ihn. Er stolperte. Sein Fahrrad kippte zwischen seinen Beinen weg, ein Pedal stieß ihm voll in die Wade.

»Wenn du noch einmal so einen Scheiß mit Flo machst!«

Linus hob sein Fahrrad auf. An der Wade hatte er eine große Schramme. »Was dann, hä? Verhaust du mich dann?« Er lachte. »Das traust du dich doch eh nicht, du Nichtskönner.«

Es klingelte. Ich ließ Linus stehen und rannte los, um Flo

einzuholen. Aber sie war schon im Klassenzimmer und Mister Pi stand vorn am Pult und trug die Fehlenden ins Klassenbuch ein.

»Gerade noch rechtzeitig«, sagte er und strich meinen Namen wieder aus.

Bis zur dritten Stunde hatte ich noch kein Wort außer dem »Hey« und »Du tropfst« mit Flo gesprochen.

Es war einfach alles wie immer, und das machte mich ganz wuschig.

Linus schnipste Flo angelutschte Papierkügelchen ins Haar. Flo zeigte ihm den Mittelfinger und drehte sich wieder um, ohne zu mir zu schauen. In der Pause war sie verschwunden, wohin auch immer, und Fabi erzählte die ganze Zeit was von irgendwelchen Auswahlschwimmen für irgendwelche Meisterschaften. Linus jagte jüngere Schüler vom Basketballplatz, aber auf keinen Fall wollte ich mit ihm Körbe werfen.

Wieder in der Klasse, starrte ich zum x-ten Mal an Linus vorbei auf Flos Haare. Und da erwischte es mich. Natürlich in Deutsch.

Die Heymann nahm mich dran. Einfach so. Zum Vorlesen. Das war mir ’ne halbe Ewigkeit nicht mehr passiert.

Eigentlich gibt es immer genug Streber, die unbedingt vorlesen wollen. Also kein Stress für mich. Solange ich unauffällig-aufmerksam dasaß – und das hatte ich vernachlässigt. Ich hatte noch nicht mal mitgelesen.

Fabi klopfte mit dem Finger auf die Stelle in meinem Buch, die ich lesen sollte.

»Da«, flüsterte er. »Bei: ›Später merkte ich …‹«

Bevor ich den Satzanfang überhaupt gefunden hatte, zog er den Finger schon wieder weg.

»Jan? Liest du bitte?«, fragte die Heymann.

»Später merkte ich …« Das war's. Ich fand die Stelle einfach nicht. Plötzlich wurde es ganz still in der Klasse. So still, dass man die Vögel durchs gekippte Fenster hören konnte.

»Da, Mensch!« Fabis Finger mit dem abgekauten Nagel tippte erneut auf den Satzanfang.

Aber es war schon zu spät. Die Wörter tanzten vor meinen Augen, und in meinem Kopf hörte ich mein Herz wummern.

»Jan?«, fragte die Heymann wieder.

Und dann fingen die Ersten an zu kichern.

Eigentlich war ich das gewohnt. Irgendjemand kicherte immer. Oder sagte: »Boah, wie lange dauert das!«

Aber diesmal sah ich, dass auch Flo lachte. Sie hatte sich umgedreht und schaute mich zum ersten Mal an diesem bescheuerten Tag richtig an. Und lachte.

Ganz langsam klappte ich mein Deutschbuch zu und steckte es in den Rucksack.

»Jan?« Schon wieder die Heymann. »Was wird das jetzt?«

Ich legte meinen Füller und meinen Killer in mein Mäppchen und zog den Reißverschluss zu.

»Gehst du?«, fragte Fabi leise. Er hatte nicht gelacht. Ganz sicher nicht.

Ich nahm meine Tasche und stand auf.

»Der geht einfach! Wie geil ist das denn!« Linus wieherte los. »Du bist echt voll der Nichtskönner.«

»Sag mal, Jan«, die Heymann stand von ihrem Stuhl auf.

Ich schob mich durch die Sitzreihen nach vorn zur Tür. Ich schaute niemanden an. Mein Herz klopfte immer noch schrecklich laut. Mein Kopf fühlte sich zu klein an. Als wäre alles darin eingequetscht.

Ich öffnete die Klassenzimmertür.

»Das gibt einen Eintrag!« Die Stimme von der Heymann kiekste ein bisschen. »Ich werde deine Eltern informieren.«

»Jan ist nur schlecht, Frau Heymann«, hörte ich Fabi noch rufen, »er hatte Angst, dass er hier in der Klasse … Sie wissen schon.«

Dann machte ich die Tür hinter mir zu.

Ich radelte einfach los. Durch die Stadt. Durch das Industriegebiet hinter der Schwimmhalle. Dann kamen Felder. Der Weg wurde immer holpriger, erst endete der Asphalt, dann der Schotter. Zum Schluss war da eigentlich nur noch ein Trampelpfad. Ich musste absteigen und schieben. Die Brennnesseln rechts und links verbrannten meine Beine, und Brombeergestrüpp verhakte sich in meinem T-Shirt. Es ratschte.

»Scheiße!« Natürlich hatte ich morgens mein »Born-to-swim-Shirt« angezogen. Mein Lieblingsshirt. Wegen Flo. »Schei-ße!« Das Shirt hatte einen fetten Riss am Ärmel. Ich fummelte es von der Ranke und schaute mich um. Ganz weit vorn, am Ende des Trampelpfades, war Wasser zu sehen. Langsam schob ich mein Rad weiter, duckte mich unter den Ästen durch.

Der Pfad endete tatsächlich am Badesee. Am Ufer lagen

ein paar dicke Steine, dazwischen hatte jemand Feuer gemacht, drum herum Bierflaschen, Chipstüten und Zigarettenpackungen. Ich zog meine Schuhe aus. Auf meinen Waden waren große, rote Flecken, die wie Feuer brannten. Vorsichtig watete ich in den See. Das Wasser war braun und der Boden unter meinen Füßen schlammig. Blätter und Algen klebten sich an meine Beine. Es blieb lange flach, also konnte ich ziemlich weit rausgehen. Als das Wasser an meine Shorts schwappte, sah ich die Badeinsel und das Freibad. Ich stand am gleichen Ufer, gar nicht weit weg, aber durch die Bäume und das Gestrüpp in der Bucht hatte ich es vorher nicht bemerkt.

Ich ging vorsichtig zurück. Als ich fast schon wieder das Ufer erreicht hatte, rutschte ich auf etwas Glitschigem aus und fiel mit dem Hintern ins Wasser.

Zuerst blieb ich einfach sitzen. Meine Shorts waren klitschnass. Meine Waden brannten noch von den Brennnesseln, mein Lieblingsshirt hatte am Ärmel einen riesigen Riss. Ich war einfach von der Schule abgehauen. Flo hatte gelacht.

Mit beiden Fäusten schlug ich aufs Wasser, immer wieder, bis auch mein T-Shirt an mir klebte und meine Haare triefnass waren.

Dann rappelte ich mich auf. Zog mein Shirt aus und warf es auf einen der großen Steine am Ufer. Meine Shorts auch. Kurz überlegte ich, auch meine Unterhose auszuziehen. Aber die ließ ich doch lieber an.

Dann drehte ich mich um, rannte wieder ins Wasser und schwamm los.

»Heute ist Training, oder?«, fragte meine Mutter beim Mittagessen.

»Ich geh nicht.« Ausgerechnet heute gab es mein Lieblingsessen. Nudeln mit Käsesoße. Ich hatte einen Riesenhunger. Zur Badeinsel war es weiter gewesen als erwartet. Danach, auf dem Weg nach Hause, brannten meine Beine, aber ich hatte trotzdem Tempo gemacht, um vor meiner Mutter zu Hause zu sein. Die nassen Klamotten kickte ich schnell unters Bett. Den Anruf von der Heymann auf unserem AB hatte ich gelöscht.

»Du gehst nicht?« Meine Mutter hörte auf, ihre Spaghetti aufzudrehen, und schaute mich an.

»Muss lernen.« Das zog immer.

»Okay.« Meine Mutter guckte mich weiter an. »Brauchst du Hilfe?«

»Nee.« Ich kratzte das letzte bisschen Käsesoße zusammen.

»Alles klar bei dir?«

»Sicher.« Ich stand auf. Ich musste so schnell wie möglich hier weg. »Wieso?«

»Du hast noch nie dein Training wegen Schule ausfallen lassen.« Meine Mutter schüttelte den Kopf und drehte weiter Spaghetti auf die Gabel.

»Ist jetzt eben anders«, sagte ich und verschwand schnell in meinem Zimmer.

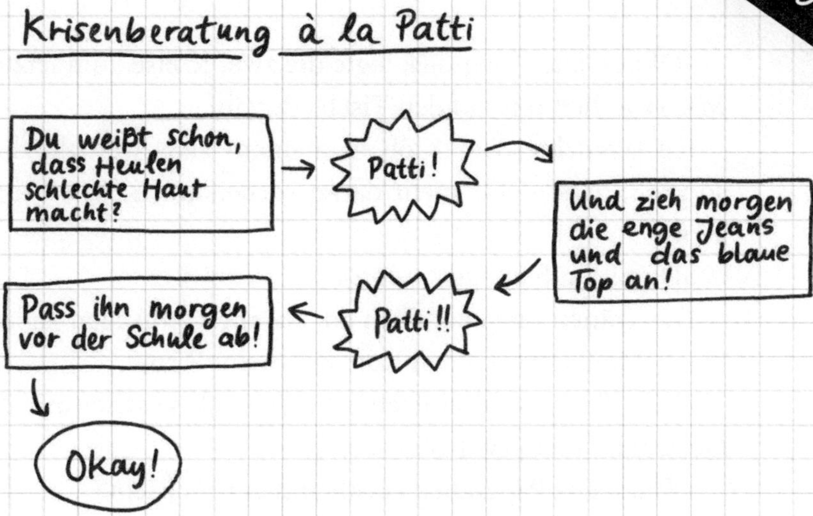

Jan

Ich tauchte unter.

Machte mein Handy aus.

Ging nicht zur Schule. Ich radelte morgens einfach am Tor zum Schulhof vorbei. Durch die Stadt, das Industriegebiet, die Felder, zum See. Der erste Morgen war unendlich lang. Hätte ich nicht gedacht. Dass die Zeit sich dehnt, wenn man schwänzt. Vielleicht bin ich deshalb nachmittags zur Papendick. Einfach nur, um nicht wieder irgendwo darauf zu warten, dass die Zeit rumgeht.

»Und«, sagte die Papendick und schmiss ihren Kittel auf den Schemel, »wie läuft's?«

»Geht so«, sagte ich und räusperte mich. Plötzlich hatte ich einen Kloß im Hals.

»Okay.« Die Papendick legte die zwei Kreise vom letzten Mal zwischen uns auf den Tisch. »Erzähl.«

Ich schluckte. Der Kloß in meinem Hals war plötzlich so groß, dass nichts mehr daran vorbeikam. Kein einziges Wort.

»Du bist aufgeflogen, oder?«

Die Tränen fingen einfach an, aus meinen Augen zu laufen. Schnell legte ich den Kopf auf meine Arme.

»Ihre Tricks sind einfach scheiße.« Ich wischte mir das Gesicht an meinem T-Shirt ab.

»Klar.« Die Papendick zuckte mit den Achseln.

»Wie, klar?«

»Sind eben nur Tricks. Ein Fehler, einmal unkonzentriert, und du fliegst auf.«

»Und warum bringen Sie mir so was Bescheuertes bei?«

»Weil sie meistens funktionieren. Sie haben doch funktioniert, oder? Hast du es versucht in Mathe?«

»Schon. Aber gestern …«

»Weißt du«, die Papendick legte die beiden Kreise übereinander. Der LRS-Kreis lag jetzt oben und bedeckte den Jan-Kreis komplett. »Mit den Tricks hilfst du Lehrern, an deiner LRS vorbeizuschauen.« Sie schob den LRS-Kreis ein bisschen zur Seite, sodass der Jan-Kreis zu sehen war. »Wenn du sie austrickst, dann sehen sie endlich mehr von dir. Dass du Mathe kannst, zum Beispiel.«

»Aber das nützt doch gar nichts.« Ich riss der Papendick die Kreise aus der Hand. »Ein Fehler, und bähm!« – ich knallte den LRS-Kreis auf den anderen – »Dann bin ich nur noch der Spacko, der nicht lesen kann.«

Die Papendick nahm einen Stift und malte ein Monstergesicht auf den LRS-Zettel. Eines mit aufgerissenem Maul und Riesenzähnen, von denen der Sabber triefte. Sie konnte echt richtig gut zeichnen.

»Das Viech hier«, sagte sie, »ist gefräßig.« Sie knüllte den Jan-Zettel zusammen. »Und wenn du zu ihm sagst: ›Dich gibt es gar nicht‹, und versuchst, es wegzusperren – dann macht es dich einfach platt. Vor allem wenn du gar nicht damit rechnest.«

Sie malte dem Monster ein Halsband. Mit Nieten.

»Geh mit ihm spazieren. Jeder darf es sehen. Aber du sagst, wann und wo.«

Ich starrte auf das Monster. »Sie meinen, ich soll es in der Schule sagen, oder? Mich hinstellen und sagen: ›Hallo, ich kann nicht lesen, aber sonst bin ich super.‹«

»Es wissen doch eh schon alle, dass du ein Problem hast, oder?«

Ich zuckte mit den Achseln.

Sie fing wieder an zu zeichnen. Diesmal auf dem Jan-Zettel. Lange erkannte ich nicht, was sie malte, aber dann sah ich mich. Im Wasser. Beim Rückenschwimmen.

»Außerdem bin ich mir sicher, dass dein Monster wasserscheu ist.«

Am nächsten Morgen war ich besser vorbereitet. Auf mein Handy hatte ich abends eine Playlist geladen. Die ganzen Nachrichten, die währenddessen aufploppten, ignorierte ich. Und statt meiner Bücher hatte ich heute Badeshorts, ein Handtuch und unsere Picknickdecke dabei.

Es fing an zu nieseln, als ich am See ankam. Trotzdem zog ich mich schnell um und watete ins Wasser. Sobald es mir bis zu den Knien ging, ließ ich mich rückwärts hineinfallen.

Ich schwamm sofort los, am Anfang schnell und hektisch, weil das Wasser so kalt war. Aber dann fand ich meinen Rhythmus. Meine Atmung wurde ruhiger, meine Bewegungen rund und gleichmäßig.

An der Badeinsel machte ich nur eine kurze Pause. Ich kletterte nicht hoch, sondern hielt mich nur an der Leiter fest und schaute zum menschenleeren Badestrand rüber. Der Kiosk war geschlossen und auch an der Kasse waren die Rollläden runtergelassen. Nur ein paar Enten watschelten über den dunklen, nassen Sand.

Auf dem Weg zurück wurde der Regen stärker, dicke Tropfen platschten auf meine Schwimmbrille.

Zurück am Ufer baute ich ein kleines Zelt. Ich hängte die Picknickdecke über die Äste eines Strauches und hockte mich darunter. Dann startete ich meine Playlist und schaute über den See.

»Du musst heute zum Training kommen.«

Plötzlich hockte Fabi neben mir unter der Picknickdecke. Ich musste eingeschlafen sein. Keine Ahnung, wie lange er schon dasaß. Ich zog die Kopfhörer aus meinen Ohren.

»Was machst du denn hier?«

»Sollte ich wohl eher dich fragen.«

Ich kramte in den Taschen meines Hoodies nach meinem Handy. »Schule schon aus?«

»Mir ist auch schlecht geworden. Hab mich wohl angesteckt.« Fabi grinste und wackelte übertrieben mit den Augenbrauen.

»Und wie hast du mich gefunden?«

»Bin dir schon gestern Morgen bis dahinten nachgefahren.« Fabi zeigte hinter sich Richtung Brombeergestrüpp. »Aber dann dachte ich, ich lass dich mal.«

»Aha.«

»Also, weswegen ich hier bin: Du musst heute zum Training kommen.«

»Heute ist Mittwoch, Fabi. Also kein Training.«

»Heute ist Mittwoch, Jan. Also macht Rüdiger heute die Auswahl für die Meisterschaft.«

»Hä?«

»Hat er verschoben. Weil du gestern krank warst. Hab gesagt, du bist heute wieder fit.« Fabi kicherte. »Hättest mal Linus sehen müssen. Der wollte natürlich unbedingt schon gestern schwimmen.«

»Welche Meisterschaft eigentlich?«

»Sag mal, hörst du mir eigentlich irgendwann mal zu? Deutsche Meisterschaft! Rüdiger darf zwei Plätze bei der Lagenstaffel besetzen. Rücken und Delfin. Das hab ich dir doch am Montag erzählt.«

»Schon gut. Reg dich ab.« Auf keinen Fall wollte ich über Montag reden.

»Also kommst du? Beginnt schon um halb drei.«

Ich zog mir die Kapuze über den Kopf und dachte an das Monster. »Klar.«

»Super.« Fabi stand auf und wischte sich die Erde vom Hintern ab.

»Übrigens«, sagte er, »ich weiß es schon seit Sonntag. Das mit dem Lesen. Mein großer Bruder hat es gemerkt. Bei der Sache mit der Pizza.« Und dann: »Henri hat auch LRS. Also keine große Sache.«

Er drehte sich um und verschwand im Brombeergestrüpp.

Als ich zu Hause die Tür aufschloss, standen meine Eltern im Flur und starrten mich an. Beide. Meine Mutter und mein Vater.

Da war klar, dass sie es wussten.

»Sag mal, spinnst du?« Meine Mutter hatte rote Flecken im Gesicht. »Die Schule hat angerufen. Du rennst gestern einfach aus der Klasse? Und wo warst du heute?«

»Am See.« Ich hatte überhaupt keinen Bock, jetzt irgendwas zu erklären.

»Am See? Wie, am See?«

»Am See halt.« Ich fing an, in der Tasche nach meiner Schwimmbrille zu kramen. Wenn ich mich noch aufwärmen und einschwimmen wollte, musste ich bald los. Neben mir hörte ich meine Mutter schnaufen.

»Am See! Du hast Schule, schon vergessen? Morgens um acht hast du auf deinem Hintern in der Klasse zu sitzen.« Meine Mutter warf die Arme in die Luft. »Also: Was bitte ist los?«

Ich hatte meine Schwimmbrille gefunden und drehte mich zu meinen Eltern um. Das Gesicht meiner Mutter war jetzt komplett rot. Mein Vater lehnte hinter ihr an der Wand, die Arme vor der Brust verschränkt. Er sah eigentlich aus wie immer.

»Ich musste lesen und hab's verkackt.«

»Und deshalb gehst du einfach nicht mehr zur Schule?«

»Weißt du, wie scheiße das war? Alle haben gelacht. Echt alle.«

»Weil sie keine Ahnung haben, Jan!«, schimpfte meine Mutter. »Deshalb war ich ja dafür, es ihnen zu erklären.«

»Das ist doch voll egal, ob die wissen, was los ist oder nicht.«

»Und das ist kein Grund, die Schule zu schwänzen.«

»Du kapierst das einfach nicht. Du kapierst gar nichts.«

»Ich kapiere ziemlich viel. Ich kapiere, dass du seit dem Sommer nichts mehr tust. Du hast kein einziges Mal geübt. Nicht ein Mal. Wundert mich nicht, dass du ...«

»Susanne, lass gut sein.« Mein Vater stieß sich von der Wand ab.

Mit einem Ruck drehte sich meine Mutter zu ihm um. »Darf ich das nicht sagen? Dass er einfach zu wenig für die Schule macht oder wie?«

»Doch, schon.«

»Aber?«

»Du weißt genau, dass das Üben nicht der Punkt ist.«

»Ach nein?«

»Nein.«

»Gut, dann erklär du doch mal, was der Punkt ist.«

»Das hat Jan doch schon gemacht.«

Meine Mutter schnaufte noch einmal, sagte aber nichts weiter.

Ich machte den Schrank auf und zerrte meinen Schwimmrucksack raus.

»Sag mal, was machst du da eigentlich?«, fragte meine Mutter.

»Schwimmtraining. Heute ist Auswahl.«

»Auswahl?«

»Für die Meisterschaft.«

»Du glaubst wirklich, du kannst die Schule schwänzen und dann lässig zum Schwimmen abdampfen? Wir sind hier noch nicht fertig, Jan. Noch lange nicht.«

»Ich geh morgen wieder in die Schule. Zufrieden?« Ich schmiss die Brille in den Rucksack. »Und jetzt geh ich zum Schwimmen.«

»Wir hatten doch eine Abmachung wegen des Schwimmens.«

»Ist mir egal.«

»Schwimmen ja, aber nur so lange und so viel, wie es mit Schule und Therapie geht.«

»Dann halt mich doch fest.«

Schnell lief ich die Kellertreppe runter, riss meine Kappe von der Leine und suchte die Flossen.

»Jan!«, schrie meine Mutter von oben. »Ich warne dich!«

Als ich wieder aus dem Keller hochkam, saß sie auf der Treppe nach oben, den Kopf in die Hände gestützt.

Mein Vater telefonierte im Wohnzimmer.

Schnell schnappte ich mir Helm und Schlüssel. Ich setzte mich gerade draußen aufs Rad, da öffnete sich die Haustür noch einmal und mein Vater kam heraus.

»Viel Glück«, sagte er. Und dann: »Wir reden heute Abend.«

Wir fingen im Gymnastikraum an.

»Oha. Hoher Besuch«, sagte Linus, als ich reinkam. Niemand sonst sagte was. Rüdiger nickte mir nur zu.

Dann ging es los. Sit-ups, Seilspringen, meine Muskeln brannten. Während die anderen in der Schule ihren Hintern platt gesessen hatten, war ich schließlich schon geschwommen. Und gestern auch.

Zum Schluss mussten wir dehnen. Zu zweit.

Linus stellte sich vor mich hin. »Sollen wir?«

Rüdiger guckte zu uns rüber. Also nickte ich.

»Dann fang mal an«, sagte Linus und stellte sich mit dem Rücken zu mir.

»Du warst nicht wirklich krank, oder?«, fragte Linus, als ich seine Arme vorsichtig nach hinten zog.

Ich sagte einfach nichts.

»Du bist bestimmt einer von diesen Psychos, oder? Mit Therapie und allem.«

Ich zog noch ein bisschen nach. Ganz vorsichtig. Aber so, dass er es ordentlich in seinen Armen spürte. »Hausaufgaben erpressen – ist das nicht eher psycho? Oder bist du einfach nur total dumm?« Ich ließ ihn los.

Linus kreiste mit den Schultern, schüttelte die Arme aus und drehte sich dann zu mir rum. »Du bist dran.« Er lächelte. Das hätte mich warnen sollen.

Linus nahm meine Arme und zog sie langsam nach hinten.

»Und? Was läuft mit der kleinen Flo?« Ich stöhnte. Linus hatte meine Arme bis zum Anschlag gedehnt.

»Nichts«, quetschte ich raus. Stimmte ja auch. Leider.

»Ach ja?«, sagte Linus. Und dann zog er mit einem Ruck an meinen Armen. Ein bohrender Schmerz schoss in meine Schultern.

Linus ließ los und meine Arme baumelten an meinem Körper wie bei Ricki. Ricki ist Tobis abgeliebter Bär.

»Du bist so ein Arsch.« Das war Fabi. Ganz laut. Im Gymnastikraum drehten sich alle zu uns rum. Nur Rüdiger nicht. Durch die Glaswand sah ich ihn draußen mit der Trainerin von den Jüngeren quatschen.

»Fresse halten.« Linus schnappte sich seinen Beutel mit Pullboy, Flossen und Schnorchel und verschwand nach draußen zum Becken.

»Schlimm?«, fragte Fabi.

Der Schmerz war noch da, aber ich würde schwimmen können.

»Geht schon irgendwie.« Ich kreiste meine Schultern und ging den anderen hinterher in die Schwimmhalle.

Schwimmen macht alles wieder gut. Immer.

In einem perfekten Bogen tauchte ich rückwärts ins Wasser ein, schlängelte mich unter Wasser bis kurz hinter die Wimpelkette, kleine Bläschen kribbelten an meinem Körper entlang, das Wasser trug mich, schob mich vorwärts, und als ich auftauchte und zum ersten Mal Luft holte, lag ich schon einen guten Kopf vorn.

Als ich zu kraulen begann, schmerzten meine Schultern bei jedem Zug. Ich drückte den Schmerz ins Wasser, so, wie ich es immer auf der letzten Bahn mache, wenn die Muskeln brennen wie Feuer. Mit jedem Zug wurde es ein bisschen besser. Ich zählte die Züge bis zur Wende, mit aller Kraft stieß ich mich mit den Füßen ab. Als ich die durchgestreckten Arme über dem Kopf zusammennahm, stach es bis in den Nacken. Ein bisschen zu früh und zu abrupt tauchte ich auf, der Schwung war weg und Linus' Kappe direkt neben mir. Ich schaute in die Lichter an der Decke, dachte an Flo, an ihre Augen, blau und grün, ihre Haare, rot und ein bisschen blond, an die Sommersprosse neben ihrem Bauchnabel, und wie von selbst tauchten meine Arme immer schneller ins Wasser ein. Mit jedem Zug schob ich mich ein bisschen mehr an Linus vorbei. Ich schlug als Erster an und tauchte unter.

Als ich wieder hochkam, zischte Linus neben mir: »Ich mach dich platt, du Nichtskönner, irgendwann mach ich dich platt.«

Hinter ihm schlug Fabi an und nahm die Brille ab.

Ich hängte mich an den Beckenrand, nahm einen Schluck aus der Wasserflasche. »Mach doch«, sagte ich und nahm noch einen Schluck. »Wenn du's kannst.«

Zum ersten Mal seit drei Tagen ging es mir richtig gut.

Krisenberatung à la Patti

Jan

Als ich nach Hause kam, war nur Nele da. Sie saß im Bad auf dem Klodeckel und lackierte sich die Fußnägel.

Ich setzte mich auf den Wannenrand.

»Hier war gerade noch ziemlich dicke Luft«, sagte sie. »Weißt du, was los ist?« Vorsichtig senkte sie den Pinsel auf den nächsten Zeh. »Papa war voll sauer auf Mama. Und jetzt sind sie bei …«, sie streifte den Pinsel am Fläschchen ab, »wie heißt deine Therapeutin noch gleich?«

»Papendick.«

Nele war mit dem ersten Fuß fertig und stellte ihn vorsichtig auf den Boden. »Hast du Mist gebaut?« Sie sah mich an. Ich zuckte mit den Achseln. »Also ja.«

»Hab geschwänzt.«

»Echt?« Nele tunkte den Pinsel in die Farbe und nahm sich die restlichen Zehen vor. »Und warum?«

»Bin beim Lesen drangekommen.«

»Oh Mist.«

»Fanden alle superwitzig.«

»Und Flo?«

»Hat gelacht. Wie alle anderen.«

Eine Weile war es ganz still im Bad.

»Vielleicht«, sagte Nele dann und schraubte die Nagellackflasche zu, »war das ein Missverständnis?«

»Was soll denn das für ein Missverständnis sein?«

»Na ja, sie hat gedacht, du machst Quatsch oder so. Hat zu spät gemerkt, was los ist.«

»Weiß nicht.«

»Ich aber«, sie angelte nach einem Q-Tip. »Weil Flo dich mag.«

»Woher willst du das wissen?«

»Hat gestern nach dir gefragt. Und heute auch.«

»Echt?«

»Boah, nee, weißte, hab ich mir gerade ausgedacht.« Nele stellte die Musik auf ihrem Handy an und begann, fürchterlich schräg mitzusingen.

Und dann kam der Moment. Hinter mir knarzte der Lehrerstuhl. Die Heymann hatte sich hingesetzt und nickte mir zu.

Ich berührte das Band an meinem Arm. Das raue Leder und die harten, glatten Nieten. Mein Vater hatte es mir gestern Abend gegeben. Er war in mein Zimmer gekommen und hatte gesagt: »Ich habe da was für dein Monster«, und mir das Armband in den Schoß geworfen. Dann setzte er sich auf mein Bett.

»Hast du es geschafft?«, fragte er.

»Geschafft?« Ich drehte das Armband in den Händen. Die Nieten glitzerten.

»Auswahlschwimmen?«

»Ja«, sagte ich, und dann: »Tut mir leid. Das mit dem Schwänzen. Ich wusste einfach nicht. Also, ich konnte da nicht …«

»Weißt du, was lustig ist?« Mein Vater grinste.

»Lustig?«

»Ich war genauso alt wie du, als ich auch damit angefangen habe. Also, mit dem Schwänzen.«

»Du hast geschwänzt?«

»Und wie.«

»Echt?«

»Erinnerst du dich noch an den alten Herrn Albert?«

»Der ganz früher den Radioladen hatte?«

»Genau. Bei dem war ich oft. Ganze Nachmittage. Hab repariert und getüftelt. Manchmal mit ihm, manchmal sogar allein.« Mein Vater ließ sich rückwärts auf mein Bett fallen. »Und dann hat er mich erwischt. Beim Schwänzen.«

»Was hat er gemacht?«

Mein Vater lachte und richtete sich wieder auf. »Er hat mit mir Hausaufgaben gemacht. Und lesen geübt. Jeden Tag. Vorher durfte ich nicht in die Werkstatt. Und ich musste natürlich wieder in die Schule.«

Er griff in die Tasche und holte ein zweites Armband raus. »Deine Frau Papendick weiß wirklich richtig gut Bescheid.«

Ich boxte ihm auf den Arm. »Das ist nicht meine Frau Papendick.«

Er boxte zurück. »Aber sie hat's drauf. Gib's zu.« Er fummelte das Lederband um seinen Arm.

»Kann schon sein.«

»Üben wir ein bisschen lesen?«

Ich stöhnte. Ich war kaputt: vom Schwimmen, vom Streit, vom ganzen Tag.

»Mehr Schwimmtraining, mehr Lesetraining.«

»Und was ist mit Mama?«

»Die beruhigt sich schon wieder. Gerade macht sie irgendwelche Verrenkungen auf ihrer Matte. Sieht schlimm aus. Aber sie sagt, es entspannt.«

Später haben wir noch alle miteinander geredet, und es kam mir logisch vor: In der Schule wissen eh schon alle, dass was nicht stimmt. Wir, also mein Vater und ich, reden mit Frau Heymann. Dann sage ich kurz was in der Klasse. Erkläre, was mein Problem ist.

Und jetzt stand ich hier. Das war einfach nur peinlich. Ich guckte niemanden an, sondern einfach nur an die Lernplakate an der Wand gegenüber.

Dann sagte ich: »Ich hab LRS.«

Mehr brachte ich echt nicht heraus. Schnell ging ich zu meinem Platz.

»Sauber«, sagte Fabian und klatschte mir in den Nacken.

Das brannte. Aber ich hatte wenigstens nicht mehr das Gefühl, auf der Stelle fünf Meter tief abtauchen zu müssen.

»Wir haben ausgemacht, dass wir später noch einmal gemeinsam darüber sprechen, was genau für Jan schwierig ist und wie wir ihm helfen können«, sagte Frau Heymann. »Aber da schon morgen die Arbeit ist …«

Alle stöhnten.

»LRS?« Linus hatte sich umgedreht. »Ist das irgendein neues Wort für unterbelichtet?«

»Nee«, sagte Fabi neben mir, »der hat nur Schwierigkeiten, lesen zu lernen. Und ist nicht zu dumm für alles, so wie du.«

Dann lachte er. Und ich auch.

Manchmal ist es ja so: Du denkst, das Schlimmste ist vorbei, aber dann kommt direkt der nächste, viel größere Mist. Du hast dir zum Beispiel gerade das Kaugummi hinten von der

Jeans gepopelt, da machst du einen Schritt und stehst mitten in der Hundekacke.

Und als ich mit Fabi über seinen Spruch lachte, war irgendwie klar: Da kommt noch was.

Weil Linus zischte: »Ich bin noch nicht fertig mit euch.«

Aber vor allem, weil irgendwas mit Flo war.

Nicht, dass ich sie beobachtet hätte. Als ich vorn meinen LRS-Spruch abgelassen hatte, habe ich null-Komma-nullmal auch nur in ihre Richtung geschaut.

Aber als ich heute früh mit meinem Vater über den Schulhof gegangen war, hatte ich die beiden gesehen. Flo. Und Linus. Sein Arm lag um ihre Schultern. Es sah komisch aus. Als würde Linus Flo wehtun.

Natürlich war ich immer noch total sauer auf Flo.

Aber das hieß ja noch lange nicht, dass ich es toll fand, wenn Linus sie angrabbelte. Oder was auch immer.

Die Stunde bei der Heymann verlief völlig ereignislos. Keine dummen Sprüche mehr. Nicht von Linus. Und auch von niemand anderem.

Dann kam Mister Pi. Er war gerade mitten in einer komplizierten Aufgabe, da klopfte es.

»Telefon für Sie.« Die Sekretärin stand keuchend in der Tür. »Scheint dringend zu sein. Irgendwas wegen Ihrer Tochter. Haben Sie Ihr Handy aus?«

Mister Pi warf Flo die Kreide zu. »Du machst weiter, ja?« Dann verschwand er.

Flo sah heute irgendwie anders aus. Lag vielleicht daran, dass ich sie vorher noch nie in einer engen Jeans gesehen hatte. Während die meisten zu quatschen anfingen, rechnete Flo die Aufgabe an der Tafel zu Ende. Sie zögerte nicht ein Mal. Vermutlich musste sie gar nicht nachdenken.

»Wieso hast du da durch drei geteilt?« Das war Charlotte. Die blickte nie was in Mathe.

Flo legte die Kreide weg und drehte sich um. Sie trug eine blaue Bluse ohne Ärmel an, die sie am Bauch geknotet hatte. »Was meinst du?«, fragte sie, ging zu Charlotte und beugte sich über ihr Heft.

In dem Moment beugte sich auch Linus vor, und ich sah, dass er filmte. Er filmte Flo. Gerade zoomte er auf ihren Ausschnitt. Ihre Bluse war ein bisschen verrutscht.

Beim Schwimmen ist meine Reaktionszeit nach dem Start nicht die beste. Rüdiger behauptet, ich würde zwischen Startsignal und Absprung noch ein Nickerchen einlegen.

Jetzt brauchte ich keine Sekunde, schon war ich bei Linus. Mit der einen Hand knallte ich seinen Kopf auf den Tisch, mit der anderen wollte ich ihm das Handy wegreißen.

Hätte auch geklappt. Normalerweise. Aber Linus saß nur auf der Kante seines Stuhles, um möglichst viel von Flos Ausschnitt zu filmen. Er verlor das Gleichgewicht und riss den Stuhl mit, der krachend umflog. Linus klammerte sich an der Tischkante fest, mit der anderen Hand versuchte er, das Handy möglichst weit weg von mir zu halten. Dann rutschte seine Hand von der Kante ab und wir donnerten beide auf den Boden. Linus schrie und ließ sein Handy los. Ich drückte ihm schön fest mein Knie in den Rücken, schnappte das Handy und steckte es in die Hosentasche.

Linus schrie immer noch. Langsam nahm ich mein Knie aus seinem Kreuz.

»Scheiße, Jan, was machst du?« Fabis Gesicht war ganz weiß. Ich schaute mich um. Alle standen. Alle guckten zu uns. Auch Flo. Zwischen ihren Augenbrauen war eine Falte, die ich da noch nie gesehen hatte.

»Ich bring dich um!«, schrie Linus. »Ich bring dich Arschloch um!« Sein ganzer Mund war blutig. Auf die Lippe gebissen oder so.

Er packte mich vorn an der Jeans und zog mich mit einem Ruck zu sich runter. Ich stolperte und schlug seine Hände weg. Er schlang seine Beine um meine, ich schwankte, verlor das Gleichgewicht und landete mit einem Knie genau in seinem Schritt.

Linus schrie wie am Spieß.

Und dann kam Mister Pi zurück.

Als ich aus dem Zimmer vom Wenzel, dem Schulleiter, kam, waren alle drei Stühle davor besetzt. Auf einem saß Linus. Er hatte eine dicke Lippe und ansonsten sah er aus, als würde er sich vor Angst gleich in die Hose machen. Auf einem saß mein Vater. Ihn guckte ich lieber gar nicht so genau an.

Auf dem letzten saß Flo. Sie hatte die Ellbogen auf die Knie gestützt und schaute auf den Boden.

»Du meldest dich am Montag vor Unterrichtsbeginn bei mir, Jan«, sagte der Wenzel und legte mir die Hand auf die Schulter. »Aber wenn deine Geschichte stimmt, haben andere Leute hier deutlich mehr Ärger.«

»Was hat er gemacht?« Mein Vater war aufgestanden und kam auf uns zu. »Kuhlert. Ich bin der Vater von Jan.« Er streckte dem Schulleiter die Hand hin.

Aber der Wenzel sagte nur: »Lassen Sie es sich einfach von ihm selbst erzählen«, drehte sich um und marschierte in sein Büro.

»Linus!«, brüllte er von drinnen.

»Was ist hier eigentlich los, verdammt!« Mein Vater riss seine Jacke vom Stuhl. »Warst du das mit der Lippe von diesem Linus? Und warum sitzt Florentine hier rum?«

Flo hatte sich die ganze Zeit kein bisschen bewegt. Ich nahm meinen Rucksack und ging den Flur runter. An Flo und den zwei leeren Stühlen vorbei.

»Jan!«, brüllte mein Vater.

Ich drückte die Schwingtür zum Schulfoyer auf. »Jan!«

Ich wünschte mir, Flo hätte was gesagt. Oder wenigstens mal hochgeguckt.

Später beim Abendessen schwiegen alle.

Meine Mutter hatte Pizza bestellt. Immer, wenn es eine Krise gab, bestellte sie Pizza. »Ich kann jetzt nicht kochen«, behauptete sie dann und wühlte in der Schublade nach dem Flyer für den Pizza-Service. Als Nele mit Lungenentzündung ins Krankenhaus musste. Als eine Absage für Tobis Kita-Platz kam. Als klar war, dass wir unser altes Haus verkaufen und umziehen mussten. Und jetzt.

Tobi sagte als Erster was. »Ich find Jan voll cool«, sagte er und strahlte. Sein Gesicht glänzte fettig.

»Jan hat Linus verprügelt. Ihn verletzt. Das ist nicht cool«, sagte mein Vater und säbelte an seinem Pizzastück herum.

»Was hätte er denn machen sollen? Freiwillig hätte dieser Linus-Arsch sein Handy ja wohl nicht abgegeben. Und 'ne

Stunde – ach Quatsch – fünf Sekunden später wär das Video online gewesen. Auf Facebook. Auf Instagram. Dieser bescheuerte Spacko!«

»Sprache, Nele!« Meine Mutter wischte sich den Mund mit der Serviette sauber.

»Aber Prügeln ist absolut nicht richtig«, sagte mein Vater.

»Gegen Böse aber doch, Papa«, meinte Tobi. »Obelix verhaut doch auch …«

»Boah!« Nele knallte ihr Besteck auf den Teller. »Glaubst du das echt, Papa? Dass Jan was anderes hätte machen können?« Sie lehnte sich zurück. »Außerdem hat er sich nicht geprügelt. Er hat nur versucht, das Handy zu bekommen.«

»Kann sein.« Mein Vater schob sein Pizzastück auf dem Teller hin und her. »Aber trotzdem.«

»Ich finde Jan auch cool«, sagte da meine Mutter. »Und ich bin total stolz auf ihn.«

Sie strich mit ihren Pizzafingern durch meine Locken. Diesmal zog ich den Kopf nicht weg, sondern legte ihn auf ihre Schulter.

»Sieg!« Tobi streckte beide Hände in die Luft. In der einen hielt er sein angenagtes Pizzastück, in der anderen schwenkte er ein Stück Käse, das er gerade runtergepopelt hatte. »Das macht 3 : 1 für Janni!« Dann zeigte er mit dem Pizzastück auf meinen Vater. »Du hast voll abgekackt, Papa!«

»Sprache, Tobi«, sagte meine Mutter. Und dann mussten wir alle lachen.

Linus tauchte nicht beim Schwimmtraining auf.

»Ist vom Stuhl gefallen«, sagte Fabi.

»Stimmt«, sagte ich.

Rüdiger kniff die Augen zusammen, sagte aber nichts.

Er ließ uns eine halbe Stunde länger trainieren. Start. Und Wenden. Nach dem Ausschwimmen fühlten sich meine Beine an wie Pudding.

»Linus kommt vielleicht nicht wieder«, meinte Fabi unter der Dusche.

»Aha.« Ich drückte noch mal auf den Duschknopf. Eigentlich war ich schon fertig. »So super ist er ja auch nicht geschwommen.«

»Nein«, sagte Fabi, »zur Schule meine ich.«

»Der ist geflogen? Das ist krass.«

»Nee, Internat. Sein Vater ist wohl voll ausgerastet.«

»Woher weiß du das denn?«

»Hat Laura geschrieben. Klassenchat.«

»Laura?« Ich wickelte mir ein Handtuch um. Den Klassenchat las ich nur in absoluten Notfällen. War mir einfach zu anstrengend. »Die erzählt doch nur Müll.«

»Stimmt.« Fabi rubbelte sich die Haare trocken. »Schon was von Flo gehört?«

»Nee.«

»Die sollte dir die Füße küssen, echt.«

»Die Füße?«

»Hättest du's lieber woanders?«

Mit einem Ruck zog ich mir das Handtuch von den Schultern und schlug damit nach Fabi.

Der jaulte und holte zum Gegenschlag aus. Er erwischte mich an der Schulter. Ich jagte ihn bis zum anderen Ende des Duschraums und hatte ihn gerade in die Ecke gedrängt, als Rüdiger die Tür aufriss und fragte: »Ist hier ein Mädchen oder kreischt einer von euch so?«

Wir radelten ganz gemütlich nach Hause. An der Kreuzung, wo wir uns immer trennten, stand Patti.

»Was macht die denn hier?«, fragte ich.

»Keine Ahnung«, sagte Fabi, aber er radelte schneller. Die Ampel wurde grün. Patti stieg auf. »Patti!«, schrie er.

Sie bremste und drehte sich um. »Ach nee«, sagte sie.

»Tolle Begrüßung, echt.« Fabi hielt neben ihr. Aber sie beachtete ihn gar nicht. Sie guckte mich von oben bis unten an.

»Krank bist du schon mal nicht«, sagte sie dann.

»Wieso sollte ich krank sein?«

»Flo hat gesagt, du warst nicht in der Schule.«

»Heute schon.«

»Echt? Habt ihr geredet?«

»Viel besser«, sagte Fabi. »Er hat Flo gerettet.«

»Wie, gerettet?«

»Er hat …«

»Vergiss es einfach«, sagte ich schnell. Pattis Blick flog zwischen Fabi und mir hin und her. Aber Fabi hatte kapiert und sagte nur: »Frag einfach Flo.«

»Würd ich ja gern. Aber zu Hause war sie nicht und sie ist offline. Ich mach mir etwas Sorgen. Sie war nicht so gut drauf die letzten Tage.«

»Ich glaub, es ist alles okay.« Fabi legte Patti die Hand auf den Arm. Ganz kurz nur und ganz vorsichtig. »War nur ziemlich viel los heute.«

»Und was war los? Kann mich mal jemand aufklären?«

»Das soll Flo machen.« Ich stieg wieder auf mein Rad. Bestimmt würde sich Fabi verquatschen, sobald ich um die Ecke war. Gegen Patti war er einfach machtlos.

»Tschüss, Patti«, sagte ich. Und dann, einfach, um Fabi noch mal eins mitzugeben: »Tschüss, Fabi, du Tussi.«

Ich war schon ein Stückchen geradelt, da brüllte Fabi: »Tschüss, du Analphabet!«

Ich fuhr die Straße am Supermarkt und an der Eisdiele runter. Die geht ein bisschen bergab, da konnte ich mich einfach rollen lassen. Deshalb habe ich sie gesehen. Weil ich quasi einen Umweg gefahren bin. Und weil ich so langsam war.

Sie saßen im Eiscafé. Linus. Und Flo.

Dicht nebeneinander.

Es fühlte sich an wie ein Krampf. Ein ganz fieser. Einer, der immer wieder kommt, gerade wenn du denkst, er ist weg.

Aber der hier war nicht in der Wade. Oder im Oberschenkel. Sondern irgendwo im Bauch.

Zu Hause ging ich direkt in mein Zimmer und schmiss mich aufs Bett.

»Bist du krank?«, fragte meine Mutter.

Ich fühlte mich total krank. »Nee«, sagte ich. »Nur total kaputt.«

»Dann schlaf einfach. Ich stell dir was in den Kühlschrank, falls du später doch noch Hunger kriegst.«

»Okay.« Ich drehte mich zur Wand. »Danke.«

Flo

Krisenberatung à la Patti

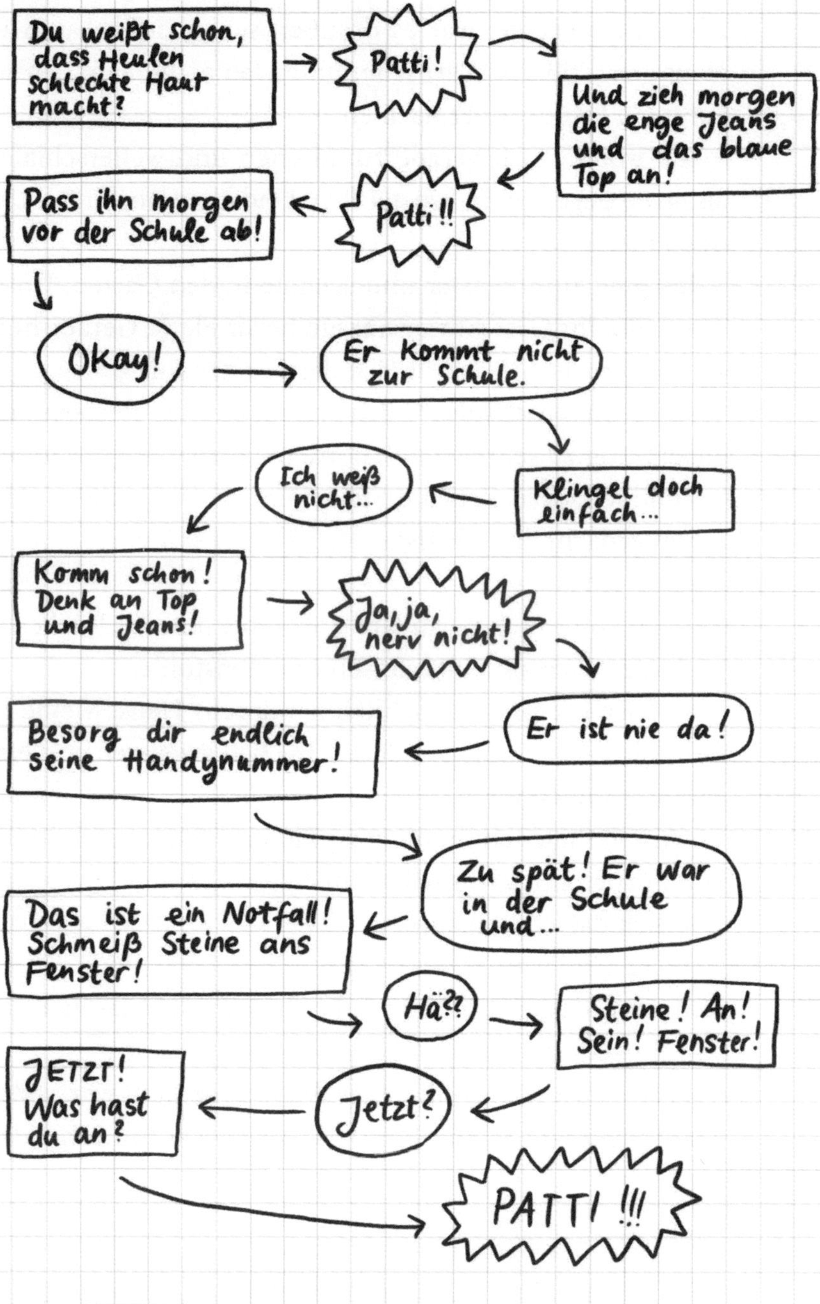

Jan

Als ich aufwachte, war es draußen schon dunkel und im Haus ganz still. Der Fernseher unten lief nicht mehr. Ich sah auf mein Handy. Kurz nach elf.

Ich wollte mich gerade rumdrehen und weiterschlafen, als etwas gegen mein Fenster flog. Und dann noch mal. Und noch mal.

Ich ging zum Fenster und schaute in den Garten. Unten stand Flo. Ihr Gesicht war nur ein heller Fleck. Gerade holte sie wieder aus. Schnell riss ich das Fenster auf.

»Bist du bescheuert?« Ich versuchte, zu flüstern und gleichzeitig zu schreien. Ich hörte mich an wie ein Zombie.

»Endlich.« Flo ließ die Steinchen ins Beet fallen. »Hab schon gedacht, du schläfst.«

»Hab ich auch.«

»Jetzt komm schon runter.« Sie drehte mir den Rücken zu und setzte sich auf einen unserer Gartenstühle.

So leise wie möglich schlich ich durchs Haus. Meine Eltern waren bestimmt gerade erst ins Bett gegangen und Nele garantiert noch wach.

»Also«, sagte ich draußen zu Flo und setzte mich in den Stuhl neben ihr. »Was willst du?«

»Mich entschuldigen.«

»Aha. Und wofür?«

»Dafür, dass ich gelacht habe. Das war zu dämlich. Ich hab einfach …«

»War's das?« Obwohl es hier draußen so kühl war, sodass ich in Jogginghose und T-Shirt fröstelte, war mir innendrin ganz heiß. »Dann geh ich nämlich wieder hoch.« Ich stand auf.

»Jan!« Flo stand jetzt auch. »Hör mir zu!«

»Du hast doch Linus. Der hört bestimmt prima zu.«

»Linus?« Flo sah ziemlich verwirrt aus. Da war wieder diese Falte zwischen ihren Augenbrauen.

»Linus. Eiscafé. Heute. Denk mal scharf nach.« Ich ging zur Tür. Da nahm Flo meine Hand, ihre Finger schoben sich zwischen meine und hielten mich fest.

»Nein«, sagte sie. »Du hörst mir jetzt zu.«

Obwohl ich genau dazu absolut keinen Bock hatte, blieb ich stehen. Flos Hand in meiner fühlte sich einfach zu gut an.

»Als das mit dem Lesen passiert ist, hab ich gelacht, weil ich dachte, es ist wie bei mir.«

»Du kannst auch nicht lesen?« Überrascht drehte ich mich um. Sie stand jetzt direkt vor mir.

»Nein, also doch, ich kann lesen, aber das mein ich nicht. Ich dachte, du hast einfach nicht aufgepasst. So wie ich. Weil du, na ja, an uns denken musst. So ging es mir nämlich die ganze Zeit. Also, dass ich an dich gedacht habe.«

Sie sah nach unten. »Ich hab einfach zu spät kapiert, was los ist.« Ihre Hand zitterte ein bisschen in meiner. »Und Linus, er hat sich bei mir entschuldigt. Für die Sache mit dem Buch und den Mathehausaufgaben. Und für die Aktion mit dem Video. Er war wirklich fertig deswegen.« Sie schüttelte den Kopf. »Linus ist manchmal echt nett, weißt du?«

Wusste ich nicht. Wollte ich auch nicht wissen. Ich versuchte, meine Hand wegzuziehen, aber Flo hielt mich fest.

»Aber das mit dem Nettsein hält nie lange an. Deshalb musste ich ihm leider mein Eisschirmchen in die Hand rammen.«

»Du hast was?«

»Na ja«, sie zuckte mit den Schultern, »die Hand war irgendwie da, wo sie eigentlich gar nicht hätte sein sollen. Ein Unfall quasi.«

»Und das Eisschirmchen hat in seiner Hand gesteckt?« Das musste ich Fabi erzählen.

»Nein. Es ist abgebrochen. Aber ein Splitter ist stecken geblieben.«

Ich kicherte. »Du bist echt der Knaller.«

»Du aber auch.« Das sagte sie ganz ernst.

Und dann stellte sie sich auf die Zehenspitzen, küsste mich blitzschnell auf die Wange und legte ihren Kopf an meine Schulter.

Ich stand ganz still da. Flos Haare kitzelten an meinem Hals. Ich konnte ihr Shampoo riechen, Vanille und irgendwas anderes, und die Stelle, wo ihr Kopf an meiner Schulter lehnte, wurde langsam warm.

Vorsichtig legte ich meine Arme um sie, erst den einen, dann den anderen. Ich glaube, ich hätte die ganze Nacht so stehen können, aber nach einer Weile sagte Flo: »Sollen wir zum See? Schwimmen?«

»Jetzt?«

Flo hob den Kopf von meiner Schulter und sah mich an. »Klar jetzt. Wann denn sonst?« Sie schlüpfte aus meiner Umarmung. »Ich warte vorn auf dich«, rief sie leise und verschwand im dunklen Garten.

Anschlag

Das Wasser ist eiskalt und ganz klar. Im Mondlicht kann ich meine Füße sehen und kleine Fische, die um meine Beine flitzen.

Langsam wate ich weiter. Als das Wasser an meine Shorts schwappt, hole ich einmal tief Luft, tauche ein und schwimme los. Die Kälte krallt sich an meinen Armen und Beinen fest. Ich schwimme Oma-Brust, kleine, langsame Züge, den Kopf über Wasser, die Badeinsel im Blick. Ich trage keine Badekappe, keine Schwimmbrille und die Shorts schlabbern schwer um meine Beine. Ich kann nicht die Züge bis zur Wende zählen und niemand stoppt die Zeit.

Trotzdem weiß ich: Das hier wird die beste Bahn meines Lebens.

Denn neben mir schwimmt Flo. Ihre Haare zieht sie wie Tentakel im Wasser hinter sich her. Ihr Gesicht leuchtet im Mondlicht.

Gleich, wenn wir bei der Badeinsel sind, werde ich sie küssen. Ganz sicher. Und zwar richtig.

Von Jan geküsst zu werden